국경 마을,
삼차구에서 보내온 이야기

박영희 엮음, 박혜 그림

국경 마을,
삼차구에서 보내온 이야기

ⓒ 박영희, 2022

발행일 초판 1쇄 2022년 2월 25일
　　　　 초판 2쇄 2022년 7월 1일

엮은이 박영희

그린이 박혜

편집 김유민

디자인 이진미

펴낸이 김경미

펴낸곳 숨쉬는책공장

등록번호 제2018-000085호

주소 서울시 은평구 갈현로25길 5-10 A동 201호(03324)

전화 070-8833-3170 **팩스** 02-3144-3109

전자우편 sumbook2014@gmail.com

홈페이지 https://soombook.modoo.at

페이스북 /soombook2014 **트위터** @soombook

값 12,000원 | ISBN 979-11-86452-80-6

잘못된 책은 구입한 서점에서 바꿔 드립니다.

국경 마을,
삼차구에서 보내온 이야기

박영희 엮음, 박혜 그림

숨쉬는
책공장

차례

3부
한국과 중국

한 사람의 열 걸음보다
열 사람의 한 걸음

이 책의 주인공들은 조금 먼 곳에 있습니다. 중국 흑룡강성
동녕시 삼차구 마을에 자리한 '동녕조선족중학교'
학생들입니다. 중국은 초중(중학교)과 고중(고등학교)을
중학교로 통합해 표기하는데, 학년은 7~12학년에
해당하지요.

　　러시아와 국경을 이루고 있는 삼차구 마을은
한가로운 편입니다. 중국과 러시아 사이의 교류가 그만큼
자유롭다고나 할까요. 우수리강 지류인 후보터강이 마을
앞으로 흐르지만 강폭도 넓지 않습니다. 멀리뛰기를 해 본
사람이라면 어렵지 않게 훌쩍 건너뛸 수 있지요. 후보터강
너머가 러시아 연해주(프리모르스키, Приморский)에 속한
폴타브카(Полтавка)라는 곳입니다.

　　그래서인지 삼차구 마을 사람들 얼굴에는 늘 웃음이 묻어
있습니다.

"우린 몸뚱이만 동북(중국 동북쪽에 위치한 길림·요녕·흑룡강성

지역)에 있지 기실은 연해주 사람입네다. 눈만 뜨면 보이는
것이 러시아 땅인데 어찌 동북 사람이라 할 수 있겠소.
삼차구에서 연변을 가자면 버스로 5시간이 걸리지만,
우수리스크(프리모르스키 지구에 있는 도시)는 1시간이면 닿는단
말이지."

맞는 말입니다. 삼차구 마을의 원주민은 연해주에서
온 이주민들입니다. 19세기 중엽 한반도는 정부의
관리들이 멋대로 백성들의 재산을 빼앗는 학정(虐政)의
시대였습니다. 이에 함경도 주민들은 살길을 찾아 연해주로
떠났고, 그중 일부가 두 번째 국경을 넘어 삼차구로 이주한
것입니다. 삼차구에서 우수리스크는 차로 1시간 거리에,
블라디보스토크는 3시간 거리에 있습니다.

오래전부터 농사를 지어 온 삼차구 마을은

진정부(면사무소), 경찰서, 우체국, 보건소, 학교, 여관,
목욕탕, 식당 등의 모습들로 우리나라 면소재지를 연상케
합니다. 하지만 그 이면에는 크고 작은 근대의 역사를
간직한 고장입니다. 중국 흑룡강성에 최초로 조선인 마을이
들어섰고, 3·1운동 시절에는 독립만세 시위가 일어났던
곳입니다. 그뿐만 아니라 삼차구는 제2차 세계대전의 최후
격전지였습니다. 아시아에서 규모가 제일 큰 '동녕요새'에서
일본군과 러시아군의 마지막 전투가 벌어졌지요.

인구 6,000여 명의 삼차구는 1947년 소학교(초등학교)에
이어 1952년 조선족중학교가 문을 열었습니다. 학생 수가
급격히 감소한 건 1992년 한중수교 이후였습니다. 삼차구에
살던 주민들이 대도시나 해외로 떠나면서 전교생 수도 70여
명으로 뚝 떨어졌지요. 눈여겨볼 점은 우리의 전통문화를
지켜 내려는 노력입니다.

백일장에서 발견한 글을 잠깐 소개할까 합니다.

우리 고장 삼차구는 동녕시에 속한 조선족 마을이다.
예로부터 우리 민족은 문화가 참 많은데, 몇 년에 한 번씩
열리는 마을 운동회가 특징이다.

운동회가 시작되면 각종 악기가 울려 퍼진다. 상모를
돌리는 사람, 장구를 치는 사람, 예쁘게 한복을 입고
등장하는 사람……. 남자들은 축구, 배구, 씨름을 하고
여자들은 그네를 탄다. 씨름은 우리 고장에서 매우 중요한

경기다. 남자들의 매력이 한꺼번에 터져 나온다. (중략)

우리 고장은 예모도 반듯하다. 반상에서 어른들이
먼저 식사를 해야 우리도 숟가락을 들 수 있다. 어른들과
한자리에서 술을 받아 마실 때도 몸을 살짝 돌려서 마셔야
한다. 명절에는 한복을 입고, 설날에는 어른들을 찾아가
큰절을 올린다.

삼차구 마을을 처음 방문한 건 2015년 겨울이었습니다.
조선족 학교 교사들을 취재해 책으로 펴낼 계획이었지요.
2016년에 발간한《두만강 중학교》가 그 결과물입니다.
하지만 조선족 교사들의 얼굴이 그늘져 보였습니다.
우리말로 수업하는 조선어문(국어) 시간이 축소된 반면
중국어 시간은 늘어났다고 했습니다.

　　취재를 마치고 돌아온 저는 고민에 빠졌습니다. 조선족
학교를 다니는 학생들과 우리말로 소통하는 일이 생각만큼
쉽지 않았습니다. 항일독립운동 시절 2,400개였던 조선
학교가 170개로 줄어든 것도 마음에 걸렸습니다. 중국 동북
지역에 자리한 조선족 학교들이 하나둘 문을 닫으면서
우리말도 위기를 맞은 셈이지요.

　　2017년 6월 삼차구 조선족중학교를 다시 찾았습니다.
중국어에 빼앗긴 우리말을 되살려 보고 싶었습니다. '파랑새
우리말 백일장'이 첫걸음을 뗀 이유입니다.

　　백일장 주제도 우리말, 우리 고장, 한국, 생일, 사진, 친구
등 학생들이 친근감을 느끼도록 선정했습니다. 백일장에
처음 참여해 본다는 학생들의 표정이 무척 밝아 보였습니다.
우리말을 더 갈고닦아 이듬해에는 기필코 장원을 하겠다는

친구도 있었지요. 물론 그 약속은 두 번째 백일장에서
지켜졌습니다. 중국어로 대화를 나눴던 학생들이 우리글을
쓰면서 자신감을 갖기 시작한 겁니다.

백일장을 마친 이튿날이었습니다. 우리말을 지키려
애쓴 학생들과 안중근 의사를 만나러 갔습니다. 삼차구에서
1시간 남짓 거리에 있는 수분하는 안중근 의사와 유동하가
만난 곳입니다. 옛 수분하역에 도착한 저는 중국사만 배우는
학생들에게 이야기를 들려주었습니다. 1909년 10월 21일
블라디보스토크를 떠난 안중근은 수분하역에 내려 유동하와
동행하는데, 당시 18세였던 유동하는 이토 히로부미를
저격하는 데 큰 도움을 준 청년입니다. 러시아어 통역사로
안중근 선생을 따라나섰던 겁니다. 하얼빈 사건으로
여순감옥에 투옥된 유동하는 석방 후, 안창호 선생 통역사로
활동하기도 했습니다.

'삼차구 마을의 조선족 학생들은 한국을 어떤 눈으로 보고
있을까?'

백일장을 진행하면서 가장 궁금했던 점입니다. 한국으로
일하러 떠난 부모님과 오랜 시간 떨어져 지낸 학생들이
많았습니다. 그중에는 한국을 다녀간 친구들도 적지
않았습니다. 나이에 상관없이 대부분 아빠를 아버지로,
엄마를 어머니로 표기한 것도 새로웠습니다.

아버지는 멀리 한국에 가셨다. 우리 가족의 생계를

유지하기 위해 아침 6시에 출근하고, 저녁 7시에 퇴근한다. 나는 14년 동안 아버지를 거의 보지 못했다. 하지만 알고 있다. 아버지는 우리 가족의 태양이라는 것을!

초중 1학년 때 한국을 유람했던, 그 몇 주일이 지금도 기억 속에 생생하게 담겨 있습니다. (중략) 출발하기 전 나는 한국에 대해 알아보려고 했습니다. 인터넷을 검색하고, 먼저 다녀온 친구들에게 물었더니 한국은 깨끗하다고 했습니다. (중략) 서울 유람의 첫 번째 장소는 광화문이었습니다. 조선 민족의 언어를 만드신 세종대왕 동상을 꼭 보고 싶었습니다. 광화문 광장에 세워진 세종대왕 동상은 우리 민족의 언어가 담긴 듯 웅위했습니다. 나는 두 눈을 감은 채 우리말을 더 사랑하고 지켜야겠다고 다짐했습니다. 서울은 영어 간판들이 너무 많아 눈에 거슬리기도 했습니다.

그런가 하면 문학에서 공통점도 발견했습니다. 한국 학생들도 배우는 김소월의 시 <진달래꽃>입니다.

3년 전 학교에서 배운 시지만, 매우 의미 있고 인상 깊었던 기억이 납니다. 시 전편을 관통하는 주된 요인은 슬프고 우울한 정서를 토로하는 이별의 정한입니다. 나는 그 속에서 조선 여성들을 비롯해 조선족이 소유하고 있는 고상한 정신을 느꼈습니다.

저는 《국경 마을, 삼차구에서 보내온 이야기》에 담길
삼차구 마을 학생들의 글을 존중하기로 했습니다. 잘못된
문장들을 바로잡으면서 내용은 그대로 살려 두었지요.

코로나19로 백일장이 중단되어 아쉬운 마음도 있지만
크게 실망하진 않습니다. 하늘이 맑게 갠 날 우리는 더 기쁜
얼굴, 진솔한 눈빛으로 다시 만날 테니까요. 한 가지 바람이
있다면 그릇된 오해와 편견이 사라지고 우정과 신뢰가
쌓이는 것입니다. 아름다운 교류야말로 더 깊은 우정과
신뢰로 이어지지 않을까요? 지금은 비록 투박하고 서툴지만,
백일장이 거듭될수록 삼차구 마을 학생들의 우리말 실력도
쑥쑥 자라리라 믿습니다.

'파랑새 우리말 백일장'에 힘을 주신 분들이
있습니다. 라병국·신성국·최종수(신부), 김명운(사진작가),
김남규·김진숙(교사), 제주작가회의, 백일장 심사를 도와준
신금화(조선족 시인) 님께 감사의 마음을 전합니다. 더불어
숨쉬는책공장 식구들께도 고마운 마음을 전합니다.

2022년 겨울 태백에서 박영희

* 이어지는 글을 쓴 학생 이름 옆의 학교와 학년은 한국 기준으로 표기했습니다.

1부 국경 마을

우리 고장

차길상 (중3)

아침에 눈을 뜨니 태양 할아버지는 이미 깨어났고, 따스한
빛을 내 얼굴에 비추어 주었다. 오늘은 시험이 있어 얼굴을
씻고 밥을 먹은 후, 책가방을 메고 얼른 집을 나섰다.

나는 예전과 같이 신선한 공기를 한 모금 깊이
들이마셨다. 이것은 싱그럽고 발랄한 나무와의 대화다.
나는 도시를 둘러싼 산과도 이렇게 "안녕!"이라고 인사한다.
그들도 매일 아침 신선한 공기와 함께 나의 인사를 받고
인사를 건네는 것이다.

나는 산과 나무와 모든 자연에게 인사를 마친 후 학교로
향했다.

내가 다니는 길 주변에는 초가집들이 차례로 서 있다.
그들은 나의 할머니와 할아버지처럼 나에게도 친절한
감각을 주었다. 그런데 지금은 초가집들이 각양각색의
아빠트(아파트)로 바뀌었다.

학교로 가는 길도 많이 복잡해졌다. 초가집들이 있을
때는 찻길 옆으로 복숭아꽃이 활짝 피어 있었다. 이 꽃들은
제일 이쁜 웃음으로 사람들을 반겨 주었다. 시험을 치는 오늘
아침에도 나는 복숭아꽃들에게 빠져 뻐스(버스)가 도착하는

소리를 잊어버렸다.

'삐삐 삐삐'

뻐스 기사가 소리를 질렀다. 나는 재빨리 차비를 내고 올라 자리에 앉았다.

동녕(2015년 시로 승격한 동녕은 20만 인구가 모여 산다)에서 삼차구로 가는 길은 기분이 몹시 상쾌해진다. 찻길 양쪽으로 논밭이 있다. 등굣길에 나는 이 논밭들과 많은 대화를 나눈다. 사람의 생명이 저 논밭에 있기 때문이다. 개구리는 우는 게 아니라 노래한다는 것도 논밭을 깊이 생각하면서 알게 되었다.

동녕에서 뻐스를 타고 15분쯤 걸리는 삼차구는 별로 크지 않다. 음식점, 목욕탕, 슈퍼마켓 등이 있다. 이것들 중에서 우리 조선족 전통 음식인 찹쌀순대와 떡볶이는 맛이 참 좋다. 하지만 가장 좋은 것은 푸른 하늘이다. 우리 학교가 있는 삼차구는 동녕 하늘과 다르다. 파란색 하늘에 하얀 구름이 이쁜 그림을 닮았다. 겨울에는 바람을 막고, 여름에는 그늘을 만들기 위해 가로수도 많이 심었다.

나는 학교로 들어가기 전 문구점에서 연필을 산 후 속으로 다짐했다. 이번 시험에서 좋은 성적을 따내 보기로.

마을 운동회

박정화 (고1)

우리 고장 삼차구는 동녕에 속한 조선족 마을이다. 예로부터
우리 민족은 문화 행사가 참 많은데, 몇 년에 한 번씩 열리는
마을 운동회가 그중 하나다.

운동회가 시작되면 각종 악기가 울려 퍼진다. 상모를
돌리는 사람, 장구를 치는 사람, 예쁘게 한복을 입고 등장하는
사람……. 남자들은 축구, 배구, 씨름을 하고 여자들은 그네를
탄다. 씨름은 우리 고장에서 매우 중요한 경기다. 남자들의
매력이 한꺼번에 터져 나온다.

우리 고장은 또 진달래가 많이 핀다. 봄이 되면 산천마다
울긋불긋 진달래꽃으로 물들어 간다. 진달래는 우리
조선족을 대표하는 꽃이다. 진달래상점, 진달래냉면 온통
진달래다. 이처럼 진달래는 조선족에게 '진달래 민족'으로
통한다. 진달래컵 조선족 전통춤 경연대회도 열린다.

우리 고장은 예모도 반듯하다. 반상에서 어른들이
먼저 식사를 해야 우리도 숟가락을 들 수 있다. 어른들과
한자리에서 술을 받아 마실 때도 몸을 살짝 돌려서 마셔야
한다. 명절에는 한복을 입고, 설날에는 어른들을 찾아가
큰절을 올린다. 조선족보다 좋은 민족이 또 있을까. 다시
태어나도 나는 조선족으로 우리 고장에서 태어날 것이다.

특별한 선물

엄진호(고1)

불행한 가족이든 행복한 가족이든 사람들에게는 모두 가족이
있다.

우리 가족은 아주 평범한 가족이다. 아버지는 한국에 나가
일하고, 어머니도 한국에서 그다지 바쁘지 않은 일을 하고
있다.

초중(중학교)을 필업(졸업)하고 고중(고등학교)으로 올라간
후였다. 어머니가 중국으로 돌아와 나를 돌보게 되었다.
"어머니, 왜 돌아오셨어요?" 하고 물으면 어머니는 웃기만
하셨다.

어머니의 숨은 비밀을 알게 된 건 시간이 좀 더
지나서였다. 어머니의 배가 커진 것을 보고 깜짝 놀랐다.

"어머니, 혹시……?"

"그렇게 됐구나. 엄마가 네 동생을 가졌단다."

나는 어머니의 말에 기뻐 어쩔 줄 몰랐다. 어머니 배에
귀를 대어 보니 동생이 어머니의 배를 차는 게 느껴졌다.
어머니가 동생을 가졌다는 사실을 알고부터 나는 내 일은
스스로 하기로 결심했다.

10개월이 되기 전이었다. 동생은 벌써 나오겠다며

성화였다.

　'조금만 참아라. 사랑하는 동생아!'

　밤 11시. 밖으로 뛰어나간 나는 택시를 찾아 나섰다.
하지만 시골에 택시가 있을 리 없었다. 나는 아무 사람이나
붙잡고 매달렸다. 택시가 도착한 건 11시 20분경이었다. 나는
어머니를 싣고 병원으로 갔다.

　어머니의 수술은 순조롭게 끝났다. 한시름 놓은 나는 길게
숨을 내쉬었다. 동생이 태어나면 한 대 쥐어박고 싶었다. 너는
왜 어머니를 이렇게 힘들게 하느냐고. 성화를 부리던 동생은
이튿날 새벽 3시 16분에 세상으로 나왔다.

　나는 한국에서 만들어진 동생과 즐겁게 보냈다. 동생이
미울 때면 울리기도 했다. 하지만 난 용돈을 아껴 동생에게
맛있는 걸 사다 주었다. 특히 우리 가족은 저녁때가 가장
행복했다. 한국에 있는 아버지랑 매일 영상통화를 하게 된
것이다. 몸은 멀리 떨어져 있지만 아주 가깝게 느껴졌다.
나도 동생이 생겼다는 기쁨에 가슴이 뿌듯했다. 우리 가족은
동생이 태어나면서 더욱 단단해졌다.

　그렇다. 우리 가족은 특별하지 않다. 매우 평범하다.
하지만 매일 웃음소리에 도취되어 살아간다. 이 모든 것이
동생이 준 선물이다.

조선말

유가의(중3)

나는 삼차구에서 비교적 특별한 학생이었다. 유치원에서부터
초중까지 다 특별했다. 그 특별한 점은 내가 이 학교의
학생들과 다른 점이 있기 때문이다. 나는 조선족 마을에 사는
한족(중국) 사람이다.

　　내가 아주 어렸을 때다. 어머니는 나를 조선족 유치원에
보냈다. 식구들이 모두 반대했지만 어머니는 나의 미래를
위해 자기주장대로 했다.

　　유치원을 다니는 시기는 너무 고통스러웠다. 친구들의
말을 이해하지 못했고, 인사도 제대로 하지 못했다. 그땐
세상이 다 싫을 만큼 매일 이상한 눈빛으로 살았다.

　　하지만 친구들의 말이 나를 우정의 세계로 끌고 갔다.
친구들의 말은 친절하고 무척 재미있었다.

　　'가, 나, 다, 라, 마, 바, 사, 아……'

　　나는 그때 매우 특별하고 새로운 언어를 접했다. 그것은
바로 조선말이었다. 나는 조선말이라는 커다란 매력에
사로잡혔다. 응당 친구들도 나를 새롭게 대해 주었다.
선생님들도 나를 특별한 눈으로 바라봐 주었다.

　　조선말을 배우면서 나는 친구들과 함께 있는 시간이

조금도 고통스럽지 않았다. 조선말을 깊이 사랑하는 이유였다. 교학(수업) 시간에 내가 조선말로 이야기하면 반 친구들이 박수를 쳐 주었다. 조선말 때문에 내가 매우 영광스러운 순간이기도 했다.

나는 한족으로 태어났지만, 조선말은 이제 우리말이 되었다. 이런 특별한 능력을 가진 내가 자랑스럽다. 선생님, 친구, 가족들도 나를 감탄하는 눈으로 바라보기 때문이다. 조선말의 특징은 생각을 깊게 한다는 것이다. 그리고 조선말은 참으로 부드럽고 유머가 넘친다.

초중 3학년이 된 나는 조선말 때문에 조선족 사람들과 교유하는 데 아무 문제가 없다. 조선말을 성공적으로 배우면서 당당하게 조선족 학교를 다니고 있기 때문이다. 가끔은 내가 한족 사람이라는 것을 잊은 채 상상의 바다에 둥둥 떠 있을 때도 있다. 보통 사람들보다 더 많은 언어를 알고 있다는 것을 생각하면 마음이 두 배로 뿌듯하다.

나는 지금 조선말로 조선 문화를 배우고 있다. 이미 계획도 세웠다. 조선말을 더 깊이 배우고 학습해 자랑스러운 사람이 되고 싶다. 어머니의 말처럼 우리 가족은 조선말을 배우면서 조선 사람이 되었기 때문이다.

한민족의 피가 흐르는 꽃

보물 같은 친구가 있다. 매년 4월 그를 기다린다. 그것은 바로 우리 민족의 대표 진달래꽃이다.

추운 겨울이 지나고 따뜻한 봄이 왔다. 봄이 찾아오면 만물이 다시 땅속에서 자기 모습을 찾는다. 그리고 나의 반가운 친구도 깨어난다.

분홍색 꽃이 고개를 내민다. 그 꽃이 나의 마음을 끌어당긴다. 아직은 아주 작은 꽃송이다. 하지만 분홍색 빛은 4월의 희망이다. 5월을 기다리게 만드는 간절한 소망이다(러시아와 국경을 접하고 있는 삼차구는 봄이 한국보다 한 달 늦게 찾아온다).

가끔씩 외로울 때가 있다. 그러면 나는 밖으로 나간다. 우리 집 앞에 활짝 피어 있는 분홍색 꽃길을 걸으면, 마치 다른 세상에 있는 듯 마음이 아주 편안해진다. 햇볕이 쨍쨍 빛나는 날은 진달래나무가 그늘이 되어 준다. 무념무상. 외로울 때는 무념무상이 참 좋다.

한국에서 일하는 엄마를 보고 돌아온 날도 가장 먼저 반겨 준 친구는 진달래였다. 한국에도 있고 삼차구에도 있는 진달래. 진달래는 꽃이 폈을 때도 아름답고 꽃이 졌을 때도

26

아름답다. 한민족의 피가 흐르고 있기 때문이다.

　가을은 여름을 기다려야 하고, 봄은 겨울을 기다려야 한다. 봄이 지나면 나도 오래오래 친구를 기다려야 한다. 이것이 친구가 내게 가르쳐 준 깨달음이다. 기다릴 줄 알아야 내 친구는 예쁜 분홍색 꽃으로 피어난다.

한국

리은(중3)

한국은 아주 작은 나라다. 토끼 모양으로 되어 있다. 비록
작지만 우리 부모님들이 그곳에서 돈을 번다. 그럴 때마다
나는 한국이라는 나라를 다시 생각한다.

나는 어려서부터 부모님이 곁에 없었다. 그래서인지
부모님이 있는 아이들을 보면 몹시 부러웠다. 할머니가
눈치를 챈 걸까? 한국에 가 보지 않겠느냐는 말에 귀가 번쩍
뜨였다.

여름 방학 때 한국으로 유람(여행)을 가게 되었다.
승용차를 타고 3시간쯤 달려 도착한 곳은 목단강 공항.
기분이 너무 좋아 풍선처럼 날아갈 것 같았다. 비행기를 타고
한국이라는 땅을 처음 밟아 보았다.

그런데 한국은 어쩐지 익숙하지 않았다. 길이 너무
복잡했다. 마음씨 착한 어떤 언니가 길을 알려 주었다.
한국에는 착한 사람들이 많다는 걸 그때 처음 알았다. 한국은
생각보다 깨끗하고 질서가 잘 잡혀 있었다.

며칠 후 고모부가 바다로 놀러 가자고 했다. 인천이라는
곳이었다. 나는 모든 것이 신기했다(삼차구에서 바다를 보려면
기차를 20시간 넘게 타야 한다). 바다에서 배를 타는 건 꿈만

같았다. 나는 바다 위를 나는 갈매기에게 새우깡을 주고
가족들과 많은 이야기를 나누었다.

신나게 놀았더니 목이 컬컬했다. 슈퍼로 달려가 돈을
꺼내는데 주인이 보이지 않았다. 나는 한참을 서 있었다.
그때 주인이 와서 "이 물은 그냥 마셔도 된다."고 했다.
관광객들에게 주는 물이라며. 중국에서는 있을 수 없는
일이었다.

금년(2018년) 4월 27일에는 한국과 북한이 통일을 위한
선언을 한다는 뉴스를 보고 깜짝 놀랐다. 사이가 나쁜
나라들이 어떻게 통일을 할 수 있지? 무척 당황스러웠지만
속으로는 기뻤다. 평화를 위해 통일이 된다면 한국으로 가는
길이 쉬워지기 때문이다. 돈도 아낄 수 있다. 비행기 대신
기차를 타면 된다.

나는 한국과 북한이 서로 사이가 좋아지길 원한다.
그렇게만 된다면 나도 아무 때나 기차를 타고 부모님을
만나러 갈 수 있지 않을까?

한국 할머니

유가의 (고2)

많은 사람들이 사진 찍는 걸 좋아한다. 사람, 동물, 사물,
풍경……. 카메라에서 '찰칵' 하는 소리에 따라 사진이
될 수도 있고, 영원히 보존할 추억이 될 수도 있다. 또한
사진에는 우리가 기록하고 싶은 것들을 기록할 수도 있다.
기쁨이나 슬픔, 추억이나 미래를. 사진은 그것을 그대로 담는
마술사다.

　며칠 전 나는 집 안 청소를 하다가 우연히 구석에 놓인
사진첩을 보았다. 사진첩 겉면에 거미줄이 쳐져 있었다.
마치 세월을 상징하는 것 같았다. 나는 거미줄을 걷어 내고
사진첩을 펼쳤다. 첫눈에 다가온 것은 나의 어렸을 때
사진이었다. 사진을 보자 웃음이 먼저 나왔다. 나의 귀여운
모습이 사진첩 속에 숨어 있었다.

　나의 귀여운 미모를 깨닫고 다음 장을 펼쳤다.
놀이공원에서 찍은 사진이었다. 사진 속의 나는 활짝 웃고
있었다. 그때의 시절로 돌아간 것처럼 놀이공원이 생생하게
떠올랐다. 철부지 때의 쾌락(기쁨)을 다시 한 번 느껴 보고
싶었다.

　그다음 사진은 나를 울컥하게 만들었다. 우리 집 옆집에

한 한국 할머니가 생활하고 있었다. 할머니의 나이는 80세 고령이었다. 매우 친절한 할머니는 중국말을 못했는데, 내가 조선족 학교를 다니는 덕분에 할머니와 대화를 할 수 있었다. 할머니는 혼자 지내고 있었기에 나를 친손녀처럼 아껴 주셨다.

어느 날 나는 엄마가 사 준 모조 진주를 가지고 놀았다. 귀고리도 만들고 팔찌도 만들었다. 그런데 실수로 모조 진주가 내 귓구멍에 들어가고 말았다. 나는 소리를 지르며 울었다. 우리 집에 아무도 없었던 것이다. 그때 할머니가 달려와서 나를 안고 병원을 찾아갔다. 귀에 들어간 진주를 빼고 병원에서 나오는 길이었다. 나는 속으로 말했다. 한국 할머니는 내 생명의 은인이라고.

그 사진은 한국 할머니와 찍은 유일한 사진이다. 그 후 할머니는 이사를 가고 말았다. 하지만 나의 기억 속에 할머니는 한 장의 사진처럼 늘 계셨다. 보고 싶을 때도 있었고, 어디에 사시는지 궁금할 때도 많았다.

나는 한국 할머니와 찍은 사진을 소중히 여긴다. 비록 할머니와 같은 나라의 사람은 아니지만, 그런 건 상관없다. 한족으로 태어난 내가 중국에서 한국 할머니와 한국말로 대화를 나눈 것이다. 할머니가 내 생명을 구해 준 덕분에 나는 한국말을 더 잘할 수 있었고, 한국을 좋아하게 되었다.

진달래

최문일 (중1)

따뜻한 바람이 불어온다
새싹들은 뾰족뾰족
꽃들은 활짝활짝 피어난다

봄이 되면 찾아오고
추워지면 돌아가는 진달래

진달래는 참다운 친구처럼
시간 맞추어 찾아온다

세상을 아름답게 하려고
봄마다 찾아오는
우리 민족의 꽃 진달래

예쁜 옷으로 갈아입고 오는 것을
잊지 않는다.

32

기쁜 반성문

조만송(고1)

나는 조선말을 잘 모릅니다.

한국에서 오신 작가님께서 짧게 써도 된다며 용기를
주었습니다.

한국은 어머니와 아버지가 돈을 버는 곳입니다.

용돈을 보내 줄 때마다 매우 좋았습니다.

어머니 아버지가 피땀 흘려 버는 것도 모르고 말입니다.

이제부터 공부를 더 노력해서 보답하려고 합니다.

그런데 고중 공부가 너무 힘이 듭니다.

하지만 난 어머니와 아버지한테 미안하지 않도록 있는 힘을
다하려고 노력 중입니다.

용돈도 조금씩 아껴 쓰려고 노력하는 중입니다.

너무 짧게 써서 미안합니다.

제목은 '기쁜 반성문'으로 정했습니다.

우리 반 우리 가족

홍금희(중3)

사람들은 저마다 가족이 있다. 우리 초중 3학년도 큰
가족이다. 우리 반 친구들은 자기만의 개성과 애호(愛護)를
가졌다. 정말 재미있는 가족이다.

예를 들면 류가녕은 우리 반 체육 부장이다. 공부는 안
되지만 체육은 매우 강하다. 체육 시간만 되면 물고기가 물을
만난 것처럼 활발해진다. 그리고 류가녕 동무는 운동회에서
성적을 꽤 많이 냈다. 그의 장기는 100m와 200m다. 한번은
발이 상해 안 뛰자고 했는데도 꼭 이기자는 마음에서
참가했다. 우리 가족 중에 류가녕 같은 동무가 있어 정말
좋다.

최애련은 누구보다 활달한 여성이다. 욕을 먹어도 얼굴에
항상 웃음꽃이 피어 있다. 성미가 활달한 탓에 우리는
최애련을 '활달동무'라고 부른다. 자습 시간에 최애련은
우리가 한 번도 들어보지 못한 재미난 이야기를 나누어 준다.
반 주임(담임)도 흥취가 생기는지 웃는 날이 많다.

우리 반 반장은 열심히 공부한 만큼 성적도 제일 높은
고일남이다. 그렇지만 성적이 높다고 좋은 것만은 아니다.
성적 때문에 고일남과 관계가 나빠진 것이다. 나는 우리

반에서 무척 센 편이다. 정말 화가 나면 반장한테 대들며 소리친다. 고일남과 관계가 나빠진 건 그때부터다. 여학생이 우세한 우리 반은 남학생이 먼저 사과해야 관계가 풀어진다.

　마지막으로 나를 소개할 차례다. 나는 아무 개성도 없고 애호도 없다. 성적도 낮다. 나의 특점은 어려운 동무를 보면 가만있지 못한다는 것이다. 동무들을 방조한(도와준) 후 고맙다는 소리를 들었을 때 가장 기쁘고 행복해진다.

　한 반밖에 없는 우리 반은 세상에서 가장 쾌락한 가족이다. 부모님들이 해외로 노무(일)를 나가 더 크게 의지한다. 고중에 올라가도 우리 가족은 변하지 않을 것이다. 초중과 한 건물에서 지내는 고중도 반이 하나밖에 없기 때문이다.

우리만의 언어

리창은(중1)

자기 민족의 언어를 버린다는 건 그 민족의 가장 큰 수치라고 할 수 있다. 내가 지금 다른 어느 민족을 말하는 것이 아니다. 우리 조선족을 말하고 있다.

곰곰이 생각해 보라.

우리가 대화할 때 중국어를 많이 사용하는가, 조선어를 많이 사용하는가?

이 물음에 대해 동무들은 당연하다는 듯이 중국어라고 답할 것이다. 맞는 말이다. 우리는 조선어가 아닌 중국어를 더 많이 사용하고 있기 때문이다. 심지어 어떤 조선족들은 조선어를 모르고 있다. 게다가 조선어를 잃은 조선족들이 매해 늘어 갈 뿐, 줄어들었다는 소식은 들려오지 않는다. 무엇이 이런 상황을 초래한 것일까?

우선 조선족 학부모들이 반성을 많이 해야 한다. 어떤 학부모는 중국 땅에서는 중국어가 우선이라며, 조선족 학교가 아닌 중국 학교를 보낸다. 어릴 때부터 조선어를 접속 못하게 길을 막아 버리고 있는 것이다. 당연히 조선족 아이들은 우리 민족의 언어를 잃어버릴 수밖에 없다.

그것만이 아니다. 어떤 학부모는 자식을 친척집이나 아는 집에 맡기고 외국에 돈 벌러 간다. 우리말을 하기 어려워지는 이유다. 누군가의 집에 맡겨지는 순간 우리말은 갈수록 바닥에 주저앉고 만다.

우리는 학생이기에 이런 일을 보고도 완벽하게 막지 못한다. 그렇지만 이에 알맞은 대책을 하루속히 세워 사태의 악화를 막아야 한다. 우리만의 언어, 이 아름다운 조선어를 우리의 손으로 보호하지 않으면 누가 보호하겠는가?

작은 힘이라도 모이면 큰 힘이 된다. 조선족 학교를 다니는 우리만이라도 열심히 조선어를 공부해, 우리의 민족 문화가 소실되지 않도록 해야 한다. 그래야만 우리말과 우리 민족의 아름다운 문화를 더 넓은 세상에 알릴 수 있지 않겠는가.

국경 마을

최요한(중2)

우리 고장은 국경 마을에 있는 삼차구다. 삼차구는 우리를
낳고 지금까지 길렀기에, 우리의 어머니라 할 만하다.
삼차구는 흑룡강성 목단강시의 현급 도시인 동녕시에 위치해
있다.

　삼차구는 아주 작은 시골 마을이다. 동쪽은 국경
강(후보터강)을 두고 러시아가 보인다. 삼차구에서
우수리스크는 50공리(km), 블라디보스토크는 150공리에
놓여 있다. 그리고 북쪽, 서쪽, 남쪽은 산들이 우뚝 서 있어
겨울이면 공기가 안 통해 온통 뽀얀 석탄 연기뿐이다.

　삼차구는 '어미지향(漁米地鄕)'이라는 애칭을 가지고
있다. 쌀과 물고기가 그만큼 많다는 뜻이다. 삼차구에서
동녕으로 가는 길에 일망우지라는 논밭이 보이는데, 가을이
되면 황금색으로 옷을 갈아입은 논과 밭이 춤을 추곤 한다.
강이나 도랑의 돌 틈 사이를 관찰하는 일도 즐겁다. 산란기를
맞은 황어나 어류들이 몰려와 알을 낳으면 촌민들은
물고기를 잡아 제법 많은 돈을 벌곤 한다. 삼차구는 또
검정버섯(목이버섯)과 핑궈리(사과배)가 유명하다.

　어른들 말에 의하면 삼차구는 제2차 세계대전의 마지막

전쟁터였다고 한다. 삼차구에서 차를 타고 남쪽으로 20분쯤 가면 일본군 요새*가 남아 있는데, 국가급 박물관으로 변한 그곳에는 러시아 땅크(탱크)와 전투기가 전시되어 있다. 러시아군과 일본군이 맞서 싸웠던 역사의 흔적이다. 산 위로 올라가면 동굴도 남아 있다. 이 동굴은 중국 사람들이 포로로 끌려가 판 굴이다. 일본군은 중국인 3,000명을 산 채로 학살했다.

　삼차구의 면모는 점점 슬프게 변하고 있다. 젊은이들마저 한국으로 돈벌이를 나가 마을에 생기가 없다. 몇 년 전만 해도 마을에 아빠트가 한 집(동)밖에 없었는데 지금은 세 집이나 들어섰다. 하지만 감각은 별로다. 삼차구의 원래 모습이 더 좋았기 때문이다.

* 러시아 접경 지역에 걸쳐 있는 '동녕 요새'는 훈산, 승훈산, 삼각산,
　마달산, 북천산 등 10여 곳의 요새를 통칭하는 말이다. 동녕 요새에
　주둔한 일본군 병력만 13만 명에 달했다. 1945년 8월 국경을 넘은
　러시아군 170만 명은 동녕 요새에서 일본군과 가장 치열한 전투를
　벌였다. 제2차 세계대전의 마지막 전투지로 알려진 동녕 요새에서
　사망한 수만 8,000명이 넘었다.

모스크바

려유빈(중1)

우리 가족은 아빠, 엄마, 나 세 사람입니다. 할머니, 할아버지,
고모, 이모도 있습니다. 그중에서 저를 제일 사랑해 주는 분은
아빠입니다.

우리 아빠는 가족을 위해 모스크바로 노무를 갔습니다.
그래서 지금은 엄마와 둘이서 지냅니다. 한국으로 가도
되는데 먼 모스크바로 간 게 걱정이 됩니다. 특히 모스크바는
우리와 시간이 맞지 않아 불편합니다. 중국과 5시간이나
차이가 나서 '위챗'으로 통화하는 것도 어렵습니다. 내가
숙제를 마치고 자유 시간이면, 아빠는 바쁘게 일하는
중입니다. 우리 아빠는 모스크바에서 사슴과 관련된 번역을
하고 있습니다.

우리 엄마도 내가 소학교(초등학교) 때까지 화장품 장사도
하고 옷 장사도 했습니다.

공부가 하기 싫은 날 엄마에게 이렇게 말한 적 있습니다.

"엄마, 장사가 안 돼? 내가 보기에는 잘 팔리는 것
같던데……."

"애가 못하는 말이 없구나. 너는 절대 장사 같은 거 하지
마라. 장사를 하면 가족이 흩어지게 된다."

엄마 말이 맞습니다. 이모만 봐도 알 수 있기 때문입니다. 이모부는 러시아에서 돈을 벌고, 이모는 한국에서 옷을 들여와 팝니다. 동녕에 사는 외할머니는 두 사위 모두 러시아에서 일하니 곧 부자가 되겠다고 자랑을 합니다. 하지만 난 외할머니의 말이 귀에 잘 들어오지 않습니다. 아빠가 저를 무척 사랑한다는 건 알고 있지만 너무 멀리 있기 때문입니다.

만두

윤국량(고1)

불면증 때문에 잠을 잘 수 없다. 불을 켜고 앨범을 펼쳐 본다. 첫 번째 사진은 볼 때마다 나의 눈물을 빼앗아 갔다. 그 사진은 돌잔치 때 어머니와 아버지가 나를 껴안고, 웃음꽃이 활짝 터진 사진이다.

어머니와 나의 만남은 2년 전이었다. 시간이 좀 지나긴 했어도 어제 일처럼 기억이 생생하다. 어머니가 오신다는 소식에 수업을 마친 나는 집으로 뛰어갔다. 문을 여니 어머니가 주방에 앉아 있었다.

"이것이 생시냐? 꿈이냐?"

그동안 어머니가 너무 보고 싶었지만 나는 무엇을 해야 할지 몰랐다. 낯선 사람들이 하는 인사말만 하고 방으로 들어갔다.

'나는 왜 이렇게 쓸모가 없을까? 화제가 없더라도 어머니 신체(건강)가 어떠신가 하고 물었어야지…….'

나는 금방 전의 내가 미워졌다. 어머니의 마음이 상할까 봐 근심이 되었다.

저녁 식사를 할 시간이었다. 어머니는 만두를 먹으러 가자고 했다. 집을 나온 우리는 만둣집을 향해 걸었다.

나와 어머니의 대화는 만둣집으로 가면서 조금씩 풀렸다. 짙푸른 하늘, 가뿐한 걸음, 가벼운 화제. 내가 사는 마을의 모든 것들이 아름답게 보였다. 집에서 만둣집이 조금 먼 거리인데도 눈 깜짝할 사이에 도착한 것 같았다.

"여기요, 소고기만두 두 접시 주세요."

어머니는 단 1초라도 못 기다리겠다는 듯 큰 소리로 주문했다. 만두는 인차(이제) 상 위로 올라왔다. 예전과 다름없이 어머니는 만두를 간장에 뚝뚝 찍어 드셨다.

"어머니 생각나시나요? 촌에서 농사지을 때도 어머니는 만두를 좋아하셨잖아요."

"그때는 지금보다 만두가 더 땡기더라. 저녁에 만두를 빚어 놓고, 이튿날 일찍 일어나 삶은 만두를 도시락에 넣었지. 점심때 만두를 꺼내 먹으면 껍질은 식었어도 속은 따뜻하잖니. 먹을 게 없었던 그때가 그립기도 하구나."

"그것도 생각나시나요? 서로 만두를 먹겠다며 어머니와 아버지가 달리기 시합을 하셨잖아요."

나는 농담처럼 조심스럽게 이야기를 꺼냈다. 순간 어머니의 얼굴이 차갑게 굳어졌다.

"내 앞에서 아버지 이야기는 두 번 다시 꺼내지 마라."

나는 입을 꾹 다물었다. 어머니가 이렇게 화를 내는 건 처음이었다.

좋았던 분위기는 다시 어색해졌다. 집으로 돌아가는 발걸음도 무거웠다.

"아버지와 갈라서면 넌 누구를 따르겠니?"

둘 중 하나만 선택하라는 어머니의 물음은 어색한 분위기를 더욱 차갑게 만들었다. 나의 생각도 잠시 흐리멍덩해지고 말았다. 어머니를 더 이상 직면할 자신이 없었다. 집에 도착한 나는 방으로 들어가 버렸다.

지루하고 긴 밤이었다. 나는 침대에서 이리저리 뒹굴었다. '어머니가 저렇게 묻는 건 진짜 이혼을 하시려는 건가?'

불안한 생각은 가는 곳마다 근심으로 가득 찼다. 어머니가 원하는 대답을 해 줄 수가 없었다.

이튿날 아침 눈을 뜨니 아무도 없었다. 주방에 만두 한 접시와 쪽지가 놓여 있었다.

'엄마가 일이 있어 간다. 미리 말도 없이 가서 미안해.'

나는 쓸쓸하고 외로웠다. 학교로 가는 길이 자꾸만 멀게 느껴졌다.

그리고 며칠 지나서였다. 한국에서 일하는 아버지한테 전화가 왔다.

"아들, 미안해. 엄마와 이혼하기로 했다."

무겁고 젖은 목소리였다. 부모님의 이혼 소식에 나는 손이 바들바들 떨렸다. 엉엉 울고 싶은데 꾹 참았다. 아버지께서 걱정하실까 봐 활기찬 목소리로 괜찮다고 말씀드렸다.

아버지는 어머니에게 모든 것을 양보했다. 나의 부양권(양육권)만 양보하지 않았다. 이렇게 아버지는 모든 짐을 자기 어깨에 지게 되었다. 나는 어머니가

미워나고(미워지고) 아버지가 불쌍해 보였다. 어머니가
한국에서 전화를 하면 일부러 받지 않았다.

부모님이 이혼하면서 나의 모든 것이 민감해졌다. 거리를
걷는 가족들을 보거나 식당에 둘러앉아 활짝 웃는 모습을
보면 질투가 생겼다. 한쪽 구석에서 몰래 울곤 했다. 나도
어머니 아버지와 함께 밥을 먹고 대화를 나누고 싶었다.

오랜 시간이 지나고 있었다. 핸드폰에 낯선 번호가
찍혔다.

"누구세요?"

"나야, 엄마."

"왜 또 전화하신 거예요? 전화를 받지 않으니 번호를
바꾸신 거예요?"

화가 난 나는 전화를 끊으려고 했다. 그런데 갑자기 슬픈
울음소리가 들려왔다. 나는 어머니의 말을 들어 보기로 했다.

"엄마, 할 말 있으면 하세요."

어머니는 울면서 이야기했다. 어머니의 곤란한 처지도
그때 처음 알게 되었다.

이혼은 끝난 게 아니라, 다시 이어질 수도 있다는
어머니의 말에 꼬르륵 배가 고팠다. 주방에 먹다 남은 만두가
보였다. 나는 손으로 만두를 덥석 집어 먹었다. 껍질은
차가워도 속은 아직 따뜻했다.

타임머신

리은(고1)

사진을 보고 있으면 말을 걸게 된다.

'아, 나는 어렸을 때 왜 이렇게 못생겼을까?'

'이 애는 지금 어떻게 되었을까?'

'어! 우리 반 반장이네.'

'이 애는 무척 말썽을 피웠는데 얌전해졌을까?'

사진과 이야기를 하다 보면 나도 모르게 웃음이 나온다.

소파를 다른 곳으로 옮길 때였다. 바닥에 사진이 보였다.
순간 머릿속에 어릴 때 추억이 영화처럼 스쳐 갔다.

내가 제일 행복했던 시절은 고향 친구들과 신나게 뛰어놀
때다. 그 친구들이 소파 밑에서 잠을 자고 있었다.

강에서 물놀이를 할 때 내 신발 한 짝이 물에 떠내려가고
있었다. 어떻게 할 수 없는 나는 엉엉 울기만 했다. 그때
친구가 위험을 무릅쓰고 내 신발을 찾아 주었다.

또 하루는 큰비가 내려 흙길이 온통 물바다로 변했다.
신이 난 우리는 엉덩이를 실룩실룩 흙탕물에 목욕을 했다. 그
모습이 꼭 돼지들이 흙탕에 뒹구는 것 같았다. 그런데 하필
그때 고모가 보고는 버럭 화를 내면서 내 엉덩이를 툭 쳤다.

"어휴, 너 때문에 못 산다. 못 살아. 아침에 입은 옷이 이게

뭐니?"

　나는 얼굴이 홍당무처럼 빨갛게 달아올랐다.

　"아잉. 고모 한 번만 봐줘. 옷은 내가 빨게."

　나는 고모한테 애교를 떨었다. 집에서 더 큰 화를 당하지 않으려면 고모를 미리 달래 놔야 했다.

　노래를 흥얼거리며 집으로 돌아온 나는 몸을 씻은 뒤, 밥을 맛있게 꼭꼭 씹어 먹었다. 그리고 잠시 후 친구가 내 방문을 두드렸다.

　"은이야, 같이 놀자."

　귀가 번쩍 뜨였다. 나는 재빨리 밖으로 뛰어나갔다. 친구들이 놀자고 부를 때처럼 흥분되는 순간이 또 있을까.

　지난 사진을 보고 있으면 타임머신을 탄 것처럼 그때의 기억들이 생생하다. 얼마나 감사한 일인가. 친구들이 없는 세상을 생각하면 하루도 못 살 것 같다.

　나는 가끔 '사진이라는 것을 누가 만들었을까?' 하고 감탄할 때가 있다. 사진이 있어 아름다운 추억이 있고, 사진이 있어 친구들의 소식이 궁금하기 때문이다. 잊었던 친구의 이름도 사진을 보고 있으면 인차 생각난다.

2부 필업 사진

할머니가 불러 주는 생일 노래

김민채 (고1)

촛불은 켜지고 눈은 감기네
두 손 모은 가엾은 소녀야
할머니는 항상 너와 함께 있으리라

두 볼 위로 흐르는 눈물이
빛을 따라 천국으로 날아가네
할머니가 불러 주는 생일 노래
박수 소리 따라 소녀의 귀로 흘러가네

촛불은 꺼지고 눈은 떠지고
두 손 모은 행복한 소녀야
할머니는 항상 너와 함께 있었네.

아버지, 어머니, 미안해요

김설령 (중2)

여러분도 가족이 있을 것입니다. 가족은 서로 사랑해 주고, 행복과 고통을 나누며 삽니다. 우리 아버지와 어머니도 저를 힘들게 키우고 계십니다.

저의 아버지는 40대 중반이고, 얼굴에 주름도 크게 없으셨습니다. 저번 겨울 방학 때 한국을 갔더니 아버지가 무척 피곤해 보였습니다. 주름도 부쩍 많아졌습니다.

며칠 뒤 아버지는 다리를 다치셨는데 그런데도 참고 일하셨습니다. 저는 속으로 생각했습니다. 병원도 가지 않고 어떻게 일하실까? 아버지는 저를 먹여 살리자고 고통도 참고 계셨습니다. 아버지께 너무 미안했습니다. 마음이 찢어지는 것 같았습니다.

어머니도 많이 지쳐 보였습니다. 일이 힘든지 저녁밥을 잡수지 못했습니다. 공장에서 무거운 짐을 들다 허리를 다쳤다고 하셨습니다. 저는 밖으로 나가 펑펑 울었습니다. 울음을 참으려 해도 멈출 수가 없었습니다.

아버지, 어머니, 못난 딸이 되어서 미안해요.

열심히 공부해서 아버지, 어머니께 꼭 장한 모습 보여 드리겠습니다.

피리

고일남(고2)

우리 집 한구석에 꽤 큰 사진첩이 한 권 있다. 연세가 좀 있는 사진첩이다. 할아버지, 아버지가 어리실 때 찍은 사진부터 지금의 내 사진까지, 우리 가족 3대가 고스란히 담겨 있다.

그런데 사진첩을 펼치다 보면 유독 한 장의 사진이 뒤집혀 있는 것을 발견할 수 있다. 그 특별한 사진을 꺼낼 때마다 나는 입가의 미소를 금할 수가 없다.

사진 속에 울고 있는 한 아이가 있다. 손에 피리를 꼭 쥐고 있고 옆에는 선생님이 서 계시고, 뒤에는 다른 아이들이 해맑은 얼굴로 서 있다. 사진 속 울고 있는 아이가 바로 나다. 옆에 있는 선생님은 나의 유치원 선생님이시고 뒤에는 유치원 동무들이다. 다들 해맑게 웃고 있는데 왜 나만 울상을 하고 있는 것일까? 그 속에는 너무나도 부끄러운 사연이 깃들어 있다.

그날은 집체활동이 있는 날이었다. 함께 식사하고 함께 노래하며 즐거운 하루를 보내야 하는. 즐겁게 시간을 보내고 단체 사진을 찍을 때였다. 교탁 위에 놓인 정교한 피리를 보고 말았다. 그 피리에 마음에 끌린 나는 손을 뻗었다. 그런데 사진사가 곧 사진을 찍을 거라며 나를 번번이 가로막았다.

갖고 싶은 것을 갖지 못한 나는 결국 참지 못하고 엉엉 울고 말았다.

선생님이 그 피리를 내 손에 놓아주면서 일은 해결되었지만 그다음이 문제였다. 사진이 현상되어 나오자 선생님은 이렇게 말씀하셨다.

"우리 일남이가 두고두고 추억에 남을 사진을 찍었네."

지금도 선생님을 생각하면 얼굴이 붉어진다. 선생님의 말씀이 칭찬인지 질책인지 헷갈려서다.

사진첩에 사진을 뒤집어 놓은 건 소학교 5학년 무렵이었다. 도저히 부끄러워 견딜 수가 없었다. 그리고 얼마 전에 깨달았다. 꼭 그래야 할 필요가 없다는 것을. 피리를 손에 쥔 사진은 하나의 성장에서 비롯된 소중한 보물일 수도 있었다. 어떻게 유치원생이 완성을 알 수 있겠는가?

자호감

우리가 사용하고 있는 말은 조선말이다. 그럼 조선말은
어떻게 탄생했을까? 아래 문장을 한번 보아라.

조선말은 1443년 세종대왕이 만들어 낸 것이다.
'훈민정음'이라고 부른다. 1446년 훈민정음을 발표하면서
전면적으로 사용하게 되었다. 그러나 훈민정음을 만드는
과정이 쉽지 않았다. 당시 조선은 사대부 천하였다. 양반
귀족이었던 그들은 훈민정음 만드는 걸 반대했고, 모든
수단을 동원해 세종대왕을 괴롭혔다.

뿐만 아니라 훈민정음을 만드는 과정에서 배신자도
생겨났다. 일본이 조선을 침략하는 사태도 있었다. 하지만
세종대왕은 절대 굽히지 않았다. 용감하고 지혜롭게 곤란을
극복한 세종대왕은 우리 모두가 조선말을 사용할 수 있도록
공헌했다.

지금 우리는 어떠한가. 위대한 우리말이 사라질 위기에
처하고 말았다. 예를 들면 이렇다. 부모님 중에 한 분은
조선족이고, 다른 한 분은 한족이다. 그리하여 부모님들은

평시에도 한어(중국어)로 대화하고 있다. 자식의 첫 선생님은 부모라고 했는데 그 자식들이 부모님을 따라 하고 있다.

또 어떤 부모는 조선족 학교를 놔두고 자식을 한족 학교에 보내고 있다. 그렇게 되면 조선족 아이는 조선어문(우리나라 국어 교과서) 대신 한어를 배워 중국어를 사용하게 된다. 조선족이 조선말을 하지 못하는 무서운 일이 벌어지는 것이다.

우리는 조선족 사회에서 우리말을 어떻게 계승해야 하는 것일까? 그걸 알려 드리고자 한다.

첫째, 자식을 조선족 학교에 보냅시다!

둘째, 자식 앞에서 조선어를 사용합시다!

셋째, 우리말을 지켜 낸 세종대왕을 생각해서 우리말을 올바르게 사용합시다!

넷째, 조선족은 위대한 민족이라는 걸 잊지 맙시다!

나는 조선말을 함으로써 매일 자호감(自豪感, 자기 민족에 대한 사랑과 자긍심)을 느끼고 있다. 여러분들도 나처럼 우리말을 잊지 않았으면 한다.

봄, 여름, 가을, 겨울

장선매(중3)

내가 태어나고 자란 삼차구는 매우 아름다운 곳이다. 매
계절마다 그 특별함이 있어 나는 우리 고장을 사랑한다.

봄
풀이 자라고 얼음도 녹기 시작한다. 겨울잠에 들었던
벌레, 동물, 그리고 땅속의 뿌리들이 봄바람을 타고 깨어난다.
모두 생명의 계절에 다시 태어나 환호하는 것만 같다.
제일 멋진 풍경은 봄비다. 봄비는 조용히 내린다.
속삭이듯 작은 마을을 깨끗이 씻어 준다. 봄비가 지나간
마을은 아름다운 그림을 보는 듯하다.

여름
햇볕이 쫙쫙 내리쪼이고 몸이 불난 것처럼 덥다. 나뭇잎은
무성하게 자라 커다란 그늘을 만든다. 각양각색의 꽃들이
피어나고 아름다운 나비들이 훨훨 날아다닌다.
시냇물도 힘차게 노래를 부르기 시작한다. 물고기들은
냇물 속에서 유유히 헤엄을 친다. 저녁이 되면 시냇물
흐르는 소리와 함께 곤충들 우는 소리도 들려온다. 여름밤의

곤충들이 특별한 음악회를 하고 있다.

가을

시원한 바람 속에서 벼 밭의 쌀 향기와 과일원(과수원)의 과일 향기가 달게 불어온다. 이런 날은 서산의 오솔길을 한번 걸어 보라. 노랗고 빨간 나뭇잎들이 춤을 추며 떨어진다.

서산을 따라 걷노라면 바삭거리는 소리가 듣기에 참 좋다. 발아래서 들려오는 풀벌레 소리에 행복해진다.

겨울

삼차구의 겨울은 정말 춥다. 동물들도 꼼짝없이 갇혀 지내야 한다. 마을 전체가 하얗게 변해 흰 이불을 덮고 있는 것 같다. 쌓인 눈을 자세히 보면 흰색이 은색으로 변할 때도 있다.

꽁꽁 얼어붙은 강 위를 걸어 보았는가. 눈꽃이 춤추는 걸 본다는 건 인생에서 일종의 향수(享受)다. 겨울에는 조용한 마을에 바람 소리만 들려온다.

영원한 영웅

김향(중3)

작년 여름, 두 번째로 한국을 갔다. (입국) 수속을 마치고
나오자 아빠는 오래 기다린 듯 보였다. 나는 아빠에게 달려가
큰 안김을 주었다. 내 감정이 그만큼 뜨거웠다. 세상에서 제일
보고 싶은 사람은 우리 아빠였다.

아빠와 함께 집으로 들어가자 맛있는 반찬 향기가 났다.
엄마가 한가득 밥상을 차려 놓고 기다리는 중이었다.

이튿날 우리 가족은 동물원 유람을 했다. 코끼리,
캉가루(캥거루), 공작새 등 동물들이 각양 각종이었다. 동물원
유람을 마치고 집으로 돌아오는 길에 사진관에서 사진을
찍었다. 가족사진은 오랜만이었다.

중국으로 돌아온 나는 사진첩을 열어 보았다. 사진 속
우리 가족은 웃음꽃이 활짝 피었다. 동물원에서 찍은 아빠의
웃옷이 눈에 들어왔다. 회색 남방을 입은 아빠의 등과 가슴이
땀에 흠뻑 젖어 있었다. 갑자기 내 눈에 안개가 낀 것 같았다.

뜨거운 햇볕 아래서 일하는 아빠의 모습이 떠올랐다. 나의
가슴은 '쿵!' 하고 무너졌다. 무더운 더위에 일하는 아빠의
모습이 위대하고 불쌍해 보였다. 하지만 우리 아빠는 나의
영원한 영웅이다. 가족을 위해서라면 무엇이든 한다.

사진첩을 덮을 때 눈물이 나려고 했다. 우리 가족은
언제쯤 다시 모여 살 수 있을까? 그날이 빨리 왔으면 좋겠다.

특수한 우리 집

홍은희(중3)

우리 집은 좀 특수합니다. 가족이 흩어지지 않고 삽니다.

먼저 어머니를 소개하겠습니다. 어머니의 키는 155cm입니다. 머리는 긴 편입니다. 웃을 때 보면 약간 귀엽기도 합니다. 어머니의 특점은 채소 요리를 참 잘한다는 것입니다. 어머니가 채소 요리를 하면 저는 아주 깨끗하게 먹어 치웁니다.

아버지의 키는 165cm입니다. 얼굴은 좀 까맣습니다. 아버지는 오른손을 잘 사용하지 못합니다. 그렇지만 일을 참 멋지게 하십니다. 마을에서 일 잘한다고 소문이 날 정도입니다. 특히 아버지는 화를 내지 않습니다. 일하는 게 서툴면 아버지는 이렇게 한번 해 보라며 가르쳐 줍니다. 나는 이런 아버지가 있어 정말 기쁩니다.

그다음은 우리 언니입니다. 나이는 열다섯 살이고 짧은 머리입니다. 반에서 수학을 제일 잘합니다. 시험을 치면 반에서 매번 5등 안에 듭니다. 언니가 더욱 예쁜 건 다른 동무들에게도 수학을 가르쳐 준다는 겁니다. 하지만 나한테는 가르쳐 주지 않습니다. 네 일은 네가 알아서 하라며 내버려 둡니다. 나는 이런 언니의 성격이 참 좋습니다.

잔소리를 하지 않기 때문입니다.

　　마지막으로 나는 155cm 키에 성격이 활발하지 못합니다. 성적도 반에서 좀 낮습니다. 나의 흥취는 싸움하는 역사입니다. 소설책보다 싸움하는 역사가 더 재미있습니다.

·

주권 없는 나라

리창은 (중2)

한국은 비교적 발달한 나라로서, 꽤 높은 소질과 상대적으로
안정적인 사회를 갖추고 있다. 나는 국경절(10월 1일, 중국
건국기념일) 연휴에 드디어 꿈에도 그리던 한국을 가게 되었다.
책에서만 보던 나라를 직접 실감하게 된 것이다.

　한국을 여행하면서 조선족 학생은 땅도 작고, 사람도 적은
나라가 어떻게 이토록 발달했느냐는 의문이 들지 않겠는가?
텔레비죤(텔레비전)에서 매일이다시피 어느 어느 관권(단체)이
데모를 한다는 뉴스를 보도하고 있었던 것이다. 심지어 최고
영도자인 박근혜 대통령을 최순실이라는 사람이 들었다 놨다
하는 것이었다.

　많은 이유가 있겠지만 나는 세계 강국 미국을 떠올렸다.
미국은 여러 방면에서 한국을 물질적으로 도와주었다.
한국은 이로 인해 미국에게 점점 굴복하는 것처럼 보였다.
식민지처럼 말이다. 표면에서는 자기 주권이 있는 나라처럼
보이지만, 한국이 미국에게 쥐었다 폈다 하는 것처럼
느껴졌다.

　한 민족에게 가장 중요한 것은 무엇일까?

　첫 번째는 언어다. 민족의 언어를 잃게 되면 불행한

실패를 할 수 있다.

두 번째는 독립이다. 한 민족이 다른 민족에게 주권을 잃으면 굴욕적인 일이 벌어진다.

중국에 사는 같은 민족으로서 한국에 대해 뭐라고 말할 자격은 못 되지만, 한국은 열심히 노력해야 한다. 주권을 다시 장악할 수 있도록 더욱 강해져야 한다. 한국이 미국의 손에 놀아나는 걸 진심으로 원하지 않기 때문이다.

붓글씨 시합

최애령(중3)

우리 가족은 주말에 가끔 유람을 가곤 합니다. 강
곁(강변)이나 공기 좋은 데로 가서 캠핑을 하지요.
재료를 사서 고기도 구워 먹고, 양꼬치를 먹으면서
오순도순 이야기를 나누곤 합니다. 가족들과 같이 있으면
쌓졌던(힘들었던) 고민과 스트레스가 다 풀립니다. 수박을
먹으면서 밤하늘의 별을 볼 때도 있습니다. 가족들과 즐겁게
저녁을 보내고 나면 좋은 꿈이 찾아옵니다.

　겨울 방학 때 붓글씨 시합(대회)을 간 적 있습니다. 큰
시합이라 부모님은 안으로 들어올 수 없었습니다. 시합을
마치고 밖으로 나온 저는 깜짝 놀랐습니다. 할머니, 할아버지,
어머니, 아버지가 저를 응원해 주려고 기다렸던 것입니다.
마음속에 따뜻한 체온이 느껴졌습니다.

　저는 기분이 좋다가도 나빠지면 말을 잘 안 하는
편입니다. 그렇지만 우리 가족은 내가 혼자 있고 싶어 할 때도
가만있지 않습니다. 저를 좋은 기분으로 돌아오게 하려고
애를 씁니다. 특히 할아버지가 노력을 제일 많이 하십니다.
할아버지는 저한테 이런 말씀을 해 주셨습니다.

　"애령아, 지치고 힘들 땐 언제든지 얘기해. 언제나 니 곁에

할아버지가 있어 줄 테니."

　가족을 왜 촛불이라고 하는 걸까요?

　한 개였던 촛불이 두 개가 되고, 두 개가 모여 네 개가
되고……. 가족이란 무슨 일이 있어도 배신하지 않고 서로
힘이 되어 주는 것 아닐까요? 다른 사람들 눈에는 아무것도
아닐지 모르지만, 우리 가족은 저에게 항상 기쁨이고 큰
힘이었습니다.

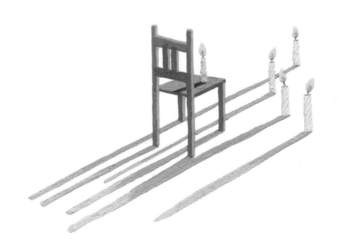

수족관

고연미(중2)

조선반도(한반도) 한국에서 병 치료를 하게 되었다. 나도
한국에 갈 기회가 생겨 무척 기뻤다. 한국을 다녀온
친구들에게 참 재미있는 나라라고 들었던 것이다.

비행기를 몇 시간 타고 인천공항에 내려 수원시에
도착했다. 7월의 한국은 정말 더웠다. 뜨거운 바람이 내
얼굴을 가만두지 않았다.

한국 사람들의 거주 환경을 보고 대단히 놀랐다. 너무
깨끗하고 예뻤다. 문제가 생긴 건 대화였다. 한국 사람들과
교유하기가 정말 바빴다. 중국으로 돌아가면 조선어문을
꽉 붙들자고 결심 먹었다. 일차적으로 대화가 되지 않으면
문명의 길을 갈 수 없다는 걸 한국에서 깊이 깨달았다.

병원 치료를 다 마쳤을 때 아버지가 서울에 유람을 가자고
했다. 한국의 수도 서울은 큰 기쁨을 주었다. 나의 염원 중에
다섯 개 나라의 수도를 가는 것이 들어 있기 때문이다.

수족관에 도착하자 인산인해였다. 바다의 왕인 상어를
먼저 보았다. 처음엔 너무 무서워 아버지 뒤에서 바들바들
떨었다. 상어가 유리 막 밖으로 튀어나올 것 같았다. 일없다는
아버지의 말을 듣고서 근심을 놓았다. 상어 이빨을 세다가

너무 많아 그만두었다.

　다음은 고래를 보았다. 상어처럼 무섭진 않았다. 나는
고래와 속말을 나누며 즐거운 시간을 보냈다. 수족관 구경을
마치고 나오는데 아버지가 인형을 사 주었다. 그때 받은
호랑이 인형은 지금도 집에 있다.

　차를 타고 동물원에 도착했다. 살아 있는 곰이 손을
내밀며 음식을 달라는 것 같았다. 동물원이 이렇게 정겨울 수
있단 말인가! 동물원의 동물들이 모두 친구처럼 느껴졌다.

나의 살던 고향은

정문련(중1)

조선 민족의 상징인 진달래는 한국, 중국, 일본, 러시아 등 여러 국가 사람들이 다 좋아하는 꽃입니다. 진달래는 산비탈이나 평원에서 많이 피는데, 분홍색 꽃이 다른 꽃들과 어우러져 더욱 빛이 납니다.

진달래는 또 연변 조선족자치주 주화(州花)이고, 한국에서도 사랑받는 꽃입니다. 한국 동요 중에 '나의 살던 고향은 꽃피는 산골 / 복숭아꽃 살구꽃 아기 진달래'라는 가사가 들어 있는 노래가 있는데 왜 이런 가사를 썼을까요?

한국 작가들은 고향을 노래할 때 진달래를 서두로 쓴다고 들었습니다. 그만큼 한국 사람들도 진달래꽃을 좋아하기 때문 아닐까요? 한국에는 민들레꽃을 좋아하는 사람들도 많다고 들었습니다.

여러 꽃들이 있지만 저는 진달래를 제일 좋아합니다. 그 이유는 진달래가 우리 민족을 대표하는 꽃이기 때문입니다. 우리 고장에 핀 진달래꽃을 보면 마음이 환해집니다.

생명의 색채

오강(중3)

봄이 왔습니다.

산에도 들에도 진달래가 피었습니다.

한 송이 한 송이의 진달래가 대지를 연분홍색으로 옷을 입히며 생명의 색채를 가합니다.

진달래는 우리 조선 민족이 으뜸으로 치는 꽃입니다. 행복, 사랑, 길상의 뜻을 가지고 있습니다.

진달래는 장미꽃처럼 아름답진 않습니다. 하지만 진달래의 품성을 따라 배워야 할 것들이 많고도 많습니다.

꽃은 자신의 가치를 보이기 위해 핍니다.

진달래는 으뜸의 꽃은 아니지만 매해 꽃을 피우고 있습니다.

우리도 진달래의 풍성함을 배워야 하지 않겠습니까? 작은 곤란에 부딪혀 포기하는 친구들에게 하고 싶은 말입니다. 서로 힘을 다해 견지하면 우리도 진달래처럼 피어날 수 있습니다.

필업 사진

우리 집에 여러 사진들이 있습니다. 그중 내가 제일 좋아하는
사진은 친구들과 함께 찍은 사진입니다.

옛날에 우리는 얼마나 천진하고 재미있었나.
촐랑대며 까르륵 웃고 지냈나. 하지만 1년 후에 우리도
필업(졸업)합니다. 친구들과 공부하는 시간도 얼마 남지
않았습니다.

소학교 필업 사진을 보니 그때 발생한 일들이 내
골(머리)에 퍼나옵니다(떠오릅니다). 옛날로 다시 돌아가면
좋겠다는 생각도 가져 봅니다. 그때 우리는 무슨 일이든
재미있고 사이좋게 해냈습니다. 서로 방조하는 힘이
컸습니다.

얼마 전 친구들과 고중(고등학교) 필업 사진을 찍었습니다.
한복을 예쁘게 갖춰 입고 선생님과도 찍었습니다. 의미 있는
사진은 정성을 들여야 합니다. 그래야 아름답게 남습니다.

집으로 돌아온 나는 초중(중학교) 때 찍은 필업 사진을
꺼냈습니다. 마음이 조금 무거웠습니다. 나를 울린 사람은
사상(생각)이 바른 고일남입니다.

초중을 다닐 때 고일남과 3일에 한 번씩 싸웠습니다.

청춘 단계였던 나는 성질을 공지(억제)할 수가 없었습니다. 그렇기에 우리는 더 많이 싸울 수밖에 없었습니다. 지금도 학교에 음식물을 가져오는 건 금지되어 있습니다. 하지만 난 번번이 음식물을 가져와 고일남을 애먹였습니다.

우리 반 반장이었던 고일남에게 교육을 받으면서 발견했습니다. 사상이 바른 고일남은 나를 좋은 친구로 만들려고 노력을 많이 했습니다. 어느 한 날 고일남이 자기 아버지와 나누는 이야기를 듣고 말았습니다. 나를 교육시키고 있다는 이야기였습니다. 내가 말을 듣지 않자 고일남은 자기 아버지에게 도움을 요청한 것입니다. 그 후로 나는 고일남을 통해 상대방을 먼저 이해하는 걸 배웠습니다.

초중 필업 사진을 보면서 고일남에게 꼭 말해 주고 싶었습니다. 정말 고맙다고요. 고일남은 내가 학교를 포기하려고 할 때도 불끈 일으켜 주었습니다.

슬픈 사진

한문룡 (중2)

사진을 뚫어져라 봅니다
아버지 생각이 납니다

그러나 나는
아버지를 기다리지 않습니다
어머니의 마음을 속상하게 하셔서
사진을 한 번 더 뚫어져라 봅니다

아버지 나는 잘 있어요
아버지도 행복하길 간절히 바랍니다.

중고차와 중고급차

송원화 (고3)

예로부터 우리 조상들은 '아' 해서 다르고 '어' 해서 다르다고
말씀하셨다. 우리말에 대한 재치 있는 가르침이다. 아주
미세한 차이에도 우리말의 뜻을 다르게 하고 있기 때문이다.
하물며 단어에 대한 그릇된 이해와 차이를 더 말해 무엇
하겠는가?

나는 오늘 '중고차'에 대한 울지도 웃지도 못할 이야기를
하나 해 보련다.

지금으로부터 15년 전, 2002년도의 일이다. 나의 삼촌은
고중을 필업한 후 연태(옌타이, 중국 산둥성에 있는 도시)에 가
있었다. 키가 훤칠하고 인물이 남자답게 생겨 한국 회사에
취직한 것이다. 시원시원한 성격에 언변까지 특출한 삼촌은
사장님 눈에 들어 번역 겸 비서직을 맡아 했다.

중국 모 회사와 업무상 계약을 맺는 날이었다. 한국
사장님은 계약서에 이런 조목을 써 넣었다.

'우리 회사 측 계약서에 제기된 의무를 이행하지 못할 시
중고차 한 대를 중국 측 회사에 배상한다.'

물론 이 계약서를 중국어로 번역한 사람은 우리
삼촌이었다. 말하자면 삼촌은 中古車(중고차)를

'中高級車(중고급차)'로 번역했다.

일이 안 되려고 그랬는지 삼촌의 번역은 나중에 큰 문제를 일으키고 말았다. 배상할 문제가 생기자 중국 회사 측은 계약서대로 중고급차를 내놓으라며 떼를 썼다. 하는 수 없이 한국 회사는 중고차를 중고급차로 이행할 수밖에 없었다.

이처럼 말이라는 것은 '아' 해서 다르고 '어' 해서 다르기에 늘 조심해야 한다. 한 사람의 말에서 그 사람의 성격과 인품까지도 엿볼 수 있기 때문이다. 만약 그때 삼촌이 조금만 더 세심했다면 얼마나 좋았을까? 중고차와 중고급차는 하늘과 땅 차이였던 것이다.

고비 사막에서도 한줄기 샘물과 같은 우리말. 우리는 이 말을 소중히 잘 사용해야 한다. 맑은 샘물이 흙탕물이 되지 않으려면……

3부 한국과 중국

동녕

김수미 (고2)

동녕의 구름은
다른 동네 무지개보다
아름답다

동녕의 과일은
다른 동네 사탕보다
달콤하다

동녕의 풀은
다른 동네 꽃보다
더 예쁘다

동녕의 달빛은
그 어떤 동네 것보다
밝고 환하다.

힘을 주는 진달래

진달래 진달래
태양 같고 달 같은 진달래
아침에는 쾌락(기쁨) 속 우리를 위해 길을 밝히고
저녁에는 암흑 속 우리를 위해 등을 밝힌다

진달래 진달래
힘을 주는 진달래
성공을 위해 분투하는 우리에게
용기를 주는 진달래
실패에서 빠져나오라며
큰 위로를 주는 진달래

진달래 진달래
사랑스러운 진달래
친구의 한숨을 걷어 내는 진달래
진달래 진달래
아름다운 진달래
내 눈물을 닦아 주는 진달래.

봄의 신사

고일남(고1)

많은 시인들이 진달래를 소재로 이별을 노래하기도 하고, 아름다움을 찬미하기도 한다. 그것은 아마도 진달래꽃의 아름다움이 주된 원인이 아닐까? 내가 진달래꽃을 아끼는 이유는 딱 하나다. 우리 민족의 상징으로 되어 있기 때문이다.

일찍부터 조선 인민(백성)들은 진달래꽃을 봄의 신사(信使, 나라를 대표하여 일정한 사명을 띠고 외국에 파견되는 사람)라고 불렀다. 조선반도(한반도)의 번영과 창성, 행복의 상징으로 전해진 것이다. 연변 조선족자치주에서는 자치주의 상징으로, 조선민주주의인민공화국에서는 진달래꽃을 국화로 선정했다.

그렇다면 진달래는 무엇 때문에 조선 인민들의 애대(이어져 내려오는 사랑)를 받고 있는가?

김소월의 시 〈진달래꽃〉에서는 조선 여인의 강인한 성격이 잘 함축되어 있다. 또 어떤 애국자들은 자기의 강렬한 애국심을 진달래에 의탁하기도 한다. 조선 민족의 민족정신이 깃들어 있기 때문이다.

수많은 꽃들 중에 나는 진달래꽃을 좋아한다. 더욱이 우리 민족을 사랑하고, 우리 민족으로부터 자호감을

느낀다. 진달래꽃에 대한 현란한 묘사는 없지만, 민족적
자부심으로부터 〈진달래꽃〉을 높이 찬미하고 싶다.

촌민들의 열성

주설령(고2)

사회에 나가 공작(일)할 때 당신은 고향 생각이 나나요?
외지에서 대학을 다니는 당신은 마음속 깊이 고향을
그리워하나요?

나의 고향 삼차구는 아담한 마을입니다. 조선족 사람들이
모여 사는 곳이지요.

10년 전 비가 내린 이튿날이었습니다. 나는 자전거를 타고
친구들 집의 초인종을 힘차게 눌렀습니다.

"야, 빨랑 나와. 빨랑."

우리는 '비밀소(비밀리에 만나는 장소)'로 자전거를
몰았습니다. 그날 계획은 두 팀으로 나눠 숨겨진 감자
찾기였습니다. 자기 밭이든 남의 밭이든 감자를 다섯 개씩
훔쳐와 장작불에 구워 먹었습니다.

그때를 생각하면 참 즐거웠습니다. 장작불에 구운 감자가
피자보다 더 맛있었으니까요. 그뿐이겠습니까. 빗방울이
매달린 꽃잎, 촉촉하게 젖은 흙, 우리의 함박웃음은 지금도
생생합니다.

그런데 언제부턴가 마을이 낯설고 한심해 보였습니다.
고층 건물이 세워지면서 정겨움도 사라졌습니다. 겨울이

시작되면 새까만 석탄 연기가 하늘을 덮고 있습니다. 이런 변화는 내가 원하지 않았던 것입니다. 가난해도 마음껏 웃고, 파란 하늘을 보며 아름다운 미래를 꿈꾸고 싶었으니까요.

위로가 되는 건 우리 촌민들의 열성입니다. 길가에 나무도 많이 심고, 가는 곳마다 조선 글씨가 쓰여 있습니다. 삼차구에 조선족 소학교와 초고중(중·고등학교)이 있다는 것도 큰 자랑이 아닐 수 없습니다.

한국의 새 대통령

윤국량 (고2)

아버지와 어머니가 한국에서 일하고 계셔 여름 방학 때마다
갔었다. 그러나 한국에 대한 인상은 별로 좋지 않았다.

처음 입경(入境)할 때였다. 입경단 아저씨(공항 출입국
직원)가 아버지의 주소를 물었다. 나는 조선족 말투로
대답했다. 어렸을 때부터 조선족 말만 하고 살았기 때문이다.
그러자 아저씨가 입경단(입국카드)을 다시 쓰라고 했다. 나는
그 일이 있고 나서 한국 사람들과 대화하는 게 싫었다.

한국은 주변 환경이 깨끗해 보였다. 좁은 길 양쪽에
빼곡히 들어찬 집들도 인상적이었다. 이미지를 중시하는
한국 사람들은 도로, 음식, 복장 면에서 감각을 잘 갖추고
있었다.

아버지는 아침 일찍 일하러 나갔다 저녁 늦게 들어오셨다.
쉴 틈 없이 종일 일한다고 했다. 아침에 한번 지하철을 타
봤는데 총망히 출근하는 사람들로 숨이 막혔다.

아버지는 이렇게 말씀하셨다.

"중국에 있으면 시간을 좀 여유롭게 보낼 텐데 한국에서는
그럴 여지가 없단다."

아버지의 말처럼 한국 사람들은 항상 바빴다. 일하는

시간도 너무 길었다.

　나는 중국에서 태어나 중국 교육을 받았다. 조선족 신분으로 관심이 가는 나라는 한국과 조선(북한)이다. 뉴스를 보면 한국 정치는 매우 복잡한 것 같았다. 새 대통령이 올라오자 아버지는 근심하는 얼굴이 되었다.

　"허허, 또 감옥살이할 놈이 생겼구나."

　이것은 중국인들도 마찬가지였다. 한국에서 새 대통령이 나오면 중국인들은 또 죽게 생겼다며 혀를 찼다.

　한국의 사드(THAAD, 고고도미사일 방어체계) 사건은 한족과 조선족 사이를 안 좋게 만들었다. 한국과 조선이 중국과 사이가 좋지 않으면 조선족도 영향을 받기 때문이다. 한국과 중국이 다투는 문화유산 문제(동북아공정)도 많이 힘들었다. 그렇지만 난 아직 정치를 평판할 자격이 못 된다. 한국이 더 강해졌으면 좋겠다는 생각을 한다.

　우리는 같은 조선 민족이면서 한민족이다. 한국과 조선이 다투는 것도 이제 그만 멈췄으면 좋겠다. 전 세계가 보고 있지 않은가. 지난 역사는 벗어던지고 가족처럼 지냈으면 한다.

행복한 우리 집

박지은(고2)

우리 가족은 유머의 대명사인 아버지, 털털한 성격에 엄격한
어머니, 재잘재잘 수다쟁이 여동생, 나이에 비해 무뚝뚝하고
일찍 철이 든 나, 이렇게 이루어져 있습니다.

나의 아버지는 교원입니다. 정갈한 양복 차림에 넥타이를
맨 것이 아니라, 낡은 운동복 두 벌에 시종 목에 걸고
다니는 호각과 편한 운동화……. 나의 아버지는 바로 체육
선생님입니다.

매일 아침 우리 집 밥상은 아버지 덕분에 웃음꽃이
피어납니다.

"소가 노래를 부르면 뭔지 아니?"

"뭔데요?"

"소송이란다. 허허허허."

이처럼 우리는 말도 안 되는 아버지의 유머에 배꼽이
빠지게 웃고 등교를 합니다. 아버지는 요리도 잘합니다.
주말이 되면 아버지는 우리한테 주문을 받습니다. 물론
아버지는 기대를 저버린 적이 없습니다. 우리가 주문한
요리를 눈앞에 마술사처럼 펼쳐 보입니다.

나의 어머니는 우리 집에 없어서는 안 될 중요한 역할을

맡고 있습니다. 우리가 요구하는 어떤 것에도 에누리가
존재하지 않습니다. 핸드폰 1시간 넘게 보지 말 것, 자기 방
청소는 스스로 할 것, 저녁 9시 반 전에는 모두 집으로 돌아올
것······. 나는 이런 어머니가 너무 고맙고 사랑스럽습니다. 이
모든 게 가족을 위한 것임을 똑똑히 알고 있기 때문입니다.
어렸을 때부터 심어 주신 어머니의 규칙에 나와 여동생은
올바르게 성장할 수 있었습니다. 어머니 감사합니다.

　　이번에는 우리 집 복덩어리 여동생입니다. 어느 날엔가
내 방에 와서 팔찌를 망가뜨린 적이 있습니다. 3일째가
다 지나도록 아무 말 하지 않자 동생은 손편지를 써서
사과했지요. 망가진 팔찌 때문에 화가 나기도 했지만, 이럴 때
보면 동생이 귀여워 깨물어 주고 싶을 정도입니다. 이 귀여운
귀염둥이를 어찌하면 좋을까요?

　　마지막으로 나는 애정 표현을 잘 못합니다. 그렇지만
속마음은 엄청 부자랍니다. 부모님의 사랑과 동생의
귀여움을 모두 간직하고 있으니까요.

현실이라는 두 글자

전란(고2)

"오늘 한국에 있는 아버지께서 돌아오신댔거든. 스마트폰도
사 오신대."

"우와! 좋겠다."

시끌벅적한 교실 안은 친구 아버지의 자랑으로 가득 찼다.
오늘따라 날씨가 덥게 느껴졌다. 하학(하교) 후 나는 무거운
두 다리를 끌며 집으로 향했다.

텅 비어 있는 방.

아무런 소리도 나지 않는 집.

나는 방 안에 쓰레기처럼 뒹구는 옷을 세탁기에 던져
넣었다. 드르릉거리는 소리와 함께 소음으로 시끄러웠다.
나는 다시 주방으로 나갔다.

밥상도 텅 비어 있었다.

빈 그릇만 보였다.

나도 모르게 눈물이 터져 나왔다. 활기찼던 우리 집을
고독이라는 나쁜 악마가 뒤덮고 있는 것만 같았다. 깨끗한
빛이 반짝거리는 방바닥과 비누 향기로 충만했던 순간들이
그리웠다.

아침마다 들었던 엄마의 목소리.

따뜻한 말과 엄격한 잣대로 나를 교육해 주시던 아버지.

한국 드라마를 보는데 눈물이 났다. 부모님이 한국으로 떠난 뒤, 엄마가 차려 준 따듯한 밥 한 그릇이 드라마처럼 간절했다.

이런 내 마음을 아신 걸까? 딩동댕, 전화가 왔다.

"여보세요?"

나는 눈물을 참으며 전화를 받았다.

"어디 아픈 거니? 목소리가 왜 그러니?"

참고 있던 눈물이 또 터져 버렸다. 아버지를 향한 내 목소리도 조금씩 변해 갔다.

"아빠, 돈이 그렇게 중요해? 돈 때문에 우리 가족의 행복도 다 부서졌잖아. 그깟 돈이 뭐라고…….”

나는 떨리는 목소리로 아버지에게 외쳤다. 아버지는 한참 동안 말이 없었다.

"우리 란이 대학 보내려고 엄마와 내가 이러는 거 아니니. 너의 미래를 위해서…….”

나는 아무 말도 하지 않았다. '현실'이라는 두 글자 때문에 우리 가족은 산산조각이 되고 말았다. 그토록 행복했던 가족이 말이다. 갑자기 하늘에서 우레가 '꽝' 터졌다. 번개까지 치면서 방 안을 더욱 갑갑하게 만들었다. 눈물에 젖은 나는 이불을 끌어안고 다짐했다. 공부를 열심히 해서 우리 가족을 원래대로 돌려놓겠다고. 우레가 쳐도 우리 가족은 쉽게 무너질 가족이 아니었다.

가족의 태양

김민채(중2)

행복한 가족, 사랑스러운 가족, 소중한 가족. 매 사람마다 원하는 한 집단이다.

　내가 알고 있는 가족은 힘들 때 난로가 되어 주고, 빛이 없을 때 태양이 되어 주는 것이다. 나에게는 그런 가족이 있다.

　아버지는 멀리 한국에 가셨다. 우리 가족의 생계를 유지하기 위해 아침 6시에 출근하고, 저녁 7시에 퇴근한다. 나는 14년 동안 아버지를 거의 보지 못했다. 하지만 알고 있다. 아버지는 우리 가족의 태양이라는 것을!

　아버지는 단 한 번도 힘들다는 말을 하지 않았다. 태양처럼 항상 밝게 웃으신다. 전화로 안부를 물을 수밖에 없는 우리 가족 사이에는 한 가지 약속이 있다. 아버지가 한국에서 돌아오는 날 멀리 가족여행을 떠나는 것이다.

　어머니도 집에서 자립 능력이 차한(어려운) 나와 동생을 위해 구슬땀을 적신다. 우리 남매를 남부럽지 않게 챙겨 주려고 애쓰신다. 집에 정전이 되어 한랭할 때도 어머니는 두꺼운 이불로 나와 동생을 꼭 끌어안아 주신다. 어머니는 집에서 따뜻한 난로가 되어 주시는 분이다.

어머니는 가정 교육을 앞자리에 두신다. 틈틈이 시간을
짜서 이웃집으로 가정 수업도 다니신다. '웃물이 맑아야
아랫물도 맑다'는 것을 크게 믿고 계시는 분이다. 나도 열심히
공부해서 아빠처럼 태양이 되고, 엄마처럼 난로가 될 것이다.

　　나는 우리 가족의 별이고 동생의 거울이다. 그래서 나는
시험을 앞두고 잠을 줄이는 중이다. 내가 먼저 잠을 줄여야
미래의 우리 가족들이 편하게 숙면할 수 있기 때문이다. 나도
부모님이 닦아 주신 길에 꽃을 심고 나무를 심어 아름다운
꽃길로 만들 계획이다.

한국과 중국

김선미 (중2)

한국은 중국에 잇닿아 있는 나라 중 하나다.

조선이 북조선과 남조선으로 갈라선 후, 적의 형태로 변했다.

어른들의 이야기를 들으면 북조선(북한)은 심보가 나쁘다고 한다. 한국이 북조선으로 물자를 보내면, 북조선은 바다 밑으로 미사일 폭탄을 보낸다고 했다.

나는 어른들 말이 맞을 거라고 생각한다. 한국을 다녀온 조선족들마다 한국 사람들은 친절하고, 문명에 밝다고 칭찬했던 것이다. 도움을 주는 한국에게 도리어 미사일 폭탄을 보내는 북조선이 얄미울 따름이다.

요즘에는 한국과 중국의 관계가 나빠졌다고 한다. 인터넷에 한국과 미국이 힘을 합쳐 중국에게 해로운 일을 한다는 소식이 나온 것이다. 내가 만약 한국의 지도자라면 중국과도 사이좋게 지내는 평화로운 사회를 만들고 싶다.

가족의 의미

김설 (고2)

'가족'이라는 말은 듣기만 해도 행복감을 느낄 수 있는 단어다.

　행복에 대해 잘 모르지만 우리 집에서 자주 듣는 말이 있다.

　"오늘은 우리 다 같이 요리할까?"

　"엄마가 한 요리 맛있지?"

　"아빠가 한 요리는 어때?"

　"날이 추워졌다."

　"멋 부리지 말고 옷 따숩게 입어야 한다."

　"용돈은 가졌니?"

　나는 이 모든 것이 행복에서 나는 소리라고 믿는다.

잔소리

김지은(고2)

"빨리 일어나. 오늘 시험 있잖아."

나는 매일 어머니의 잔소리에 눈을 뜹니다. 어머니가 깨우면 볼멘소리로 대답하고 화장실로 갑니다.

세수를 마치고 나오면 어머니는 또 잔소리를 합니다.

"밥 먹기 전까지 책을 좀 보거라."

다른 잔소리는 매일 들어서 습관이 됐지만 아침부터 공부라니……. 어떤 날은 밥도 먹지 않고 학교를 갈 때도 있습니다. 그러면 어머니는 뒤따라와 책가방에 빵과 우유를 넣어 줍니다.

아버지의 잔소리도 적은 편은 아닙니다. 그렇지만 아버지는 어머니와 조금 다릅니다. 내가 방조(도움)를 받고 싶을 때 아버지는 스스로 할 수 있는 해결책을 알려 줍니다. 때로는 아버지가 알려 주신 것을 무시할 때도 있습니다.

저녁 늦게까지 공부하고 집으로 돌아가는 길이었습니다. 길이 너무 어두워 아버지께 전화를 했습니다. 아버지의 잔소리가 들려왔습니다. 아, 오늘 마중은 틀렸구나 하고 집으로 가는데 아버지가 서 계셨습니다. 아버지와 함께 집으로 가면서 진한 사랑을 느꼈습니다.

가족 간의 사랑은 냇물을 닮았습니다. 하루도 끊이지 않고 흐릅니다. 어머니의 잔소리도 나를 향한 관심이 아닐까요? 부모님과 함께 사는 것만으로도 나는 행복한 사람인지 모릅니다.

이쁜 매너

김민채 (중3)

우리가 사는 세계에는 수많은 나라가 있습니다. 저는
중국에서 태어났습니다. 중국에는 56개 민족이 있고, 저는
조선족에 속합니다. 조선족의 본고향은 한국입니다. 아빠가
한국에서 10년 넘게 일하고 있어 저는 중국보다 한국으로
많이 놀러 갑니다.

한국에는 선량한 노인들이 많습니다. 시장에서 생선을
파는 노인, 공원에 나와 산책하는 노인, 버스를 기다리는
노인……. 한번은 시장에서 우연히 마주치게 되었습니다.
70세쯤 된 할머니가 그 주인공입니다. 할머니는 허리를
굽힌 채 휠체어에 앉아 자고 있는 아들에게 부채질을 하고
있었습니다. 저는 그 장면을 보면서 많은 감동을 받았습니다.

한국에는 또 이쁜 매너가 있습니다. 할머니와 처음
한국에 갔을 때 겪은 일입니다. 공항에서 나와 지하철을
탔는데, 사람이 너무 많아 앉을 자리가 없었습니다. 그때 젊은
아저씨가 할머니를 보더니 자리를 내주었습니다.

"쎼쎼."

저는 중국어로 감사함을 표했습니다. 그러자 젊은
아저씨는 "중국 사람이세요?"라고 물었습니다. 맞다고

대답하자 젊은 아저씨는 중국을 좋아한다고 했습니다. 저는 중국을 좋아하는 한국 사람을 만나 기분이 무척 좋았습니다.

한국에서 가장 인상 깊었던 점은 깨끗함입니다. 공원, 화단, 길거리 등 공공시설이 정말 쾌적했습니다. 한국에서는 흰색 양말에 슬리퍼만 신고 다녀도 아무렇지 않았습니다.

제주도 여행

박경애(중3)

한국은 많이 듣고 많이 가 본 곳이다. 소학교 3학년 때 처음 가
봤다.

들던 대로 한국은 환경이 깨끗했다. 더욱 놀란 건 차를
탔을 때였다. 한국은 질서가 우수하고, 차 안에서 시끄럽게
떠드는 사람이 없었다.

두 번째 갔을 때는 나쁜 기억도 생겨났다.

나는 조선말을 적게 하고 중국말을 많이 하는 편이다.
한국에 가서도 중국말을 더 많이 했다.

함께 간 친구들과 모여 중국말로 대화를 할 때였다.
우리를 이상한 눈으로 보는 사람이 있었다. 그 사람은
우리를 쏘아보기까지 했다. 한국에서 오래 지낼수록 점수는
낮아졌다. 중국 사람이라며 무시하는 사람들이 많았다.

며칠 후 제주도로 여행을 떠났다. 나쁜 기억이 있으면
좋은 기억도 생겨나는 법. 제주도 여행은 우울한 마음을
깨끗하게 씻어 주었다. 가족들과 떠난 제주도에서 즐거운
시간을 보낸 것이다. 우리 가족이 섬으로 여행을 떠난 건
제주도가 처음이었다.

옛날 사진

리지민 (중1)

사진은 추억이나 뜻깊은 일을 기념할 때 찍습니다. 몇 년 후에 펼쳐 보면 옛날로 돌아가고 싶다는 생각이 듭니다.

어느 날 아침, 할머니의 상자를 정리하다 사진을 몇 장 발견했습니다. 처음 보는 사진이었습니다.

나는 할머니에게 물었습니다.

"할머니, 이 사진에 있는 사람 누구예요?"

할머니는 웃으면서 말했습니다.

"이것은 나고, 그 옆에 있는 사람은 할아버지다. 강남(중국 남쪽 지역)에 여행 가서 찍은 사진인데 그때가 그립구나."

"강남에 가 보니 어떠셨어요?"

"날씨도 따뜻하고 맛있는 음식도 많았단다."

"그땐 할머니도 젊고 예쁘셨네요."

"호호호. 젊을 땐 누구나 예쁘지, 뭐."

나는 두 번째 사진을 내밀었습니다. 할머니가 다시 호호호 웃으셨습니다.

"이건 네 엄마다. 마을 운동회 때 1등을 못해 풀이 죽은 모습을 찍은 거야."

할머니와 나는 배를 잡고 웃었습니다. 1등을 못해 속상해

하는 엄마의 사진이 우스웠습니다.

밖에서 빨래를 하고 있던 엄마가 웃음소리에 방으로
들어왔습니다.

"무슨 재미난 일이라도 있으세요, 어머니?"

"글쎄다. 마을 운동회 때 찍은 네 사진을 보여 줬더니
지민이가 저렇게 웃는구나."

"어머니도 참……. 그 사진을 버리지 못한 건 지민이
아빠 때문이에요. 찌푸린 사진도 있어야 추억이 된다며 남겨
두라지 뭐예요."

"그건 맞다. 꽃처럼 화사한 사진만 있다면 무슨 추억이
되겠니. 맑은 날이 있으면 흐린 날도 있는 법이다."

나도 할머니와 같은 생각입니다. 세월은 흘러도 그때 그
시절은 사진 속에 그대로 남아 있습니다. 1등을 못한 우리
엄마의 찡그린 사진도 너무 즐겁고 행복해 보였습니다.

한국의 풍물놀이

류가이 (고1)

나는 열다섯 살이다. 한족(중국인)으로 태어난 나는 유치원 때부터 지금까지 조선족 학교를 다니고 있다.

나는 꿈이 하나 있다. 한국에 한번 가는 것이다. 어느 한 시기에는 학교 친구들이 한국에 가는 것을 엄청 부러워했다. 한국 음식을 먹고 싶고, 한복을 입고 싶고, 한국인들과 대화도 나누고 싶었다.

소학교를 다닐 때 한국에서 온 선생님들이 풍물놀이를 가르쳐 주었다. 하지만 난 3학년밖에 안 되어 한국 선생님들과 대화를 할 수 없었다. 지금 돌아보니 너무너무 아쉽다. 그때 나는 조선말을 배우는 단계였던 것이다. 그렇지만 풍물을 배울 때는 한없이 즐겁고 행복했다. 한국 선생님들과 유희(오락)도 하고 공연도 하면서 조금도 힘들다는 생각이 들지 않았다.

비록 짧은 시간이었지만 나는 많은 것을 배웠다. 한국 선생님들은 먼저 인사하고, 언제나 웃는 얼굴로 대해 주었다. 그때부터 나는 한국에 가고 싶다는 마음이 더욱 강렬해졌다.

한국 선생님들은 예절을 중요시 여겼다. 한국은 예절을 지키는 국가라는 것도 그때 깨달았다. 예절을 잘 지키는

사람일수록 인상이 깊게 남아 있기 때문이다. 한국에서 온
풍물 선생님들이 나에게 깊은 예절을 심어 주었다.

언젠가 나도 한국에 가면 예절을 잘 지켜 상대방을 웃게
하고 싶다. 그러면 상대방도 무척 행복해하지 않을까?

4부 진달래

분홍빛 여인

박정화(고2)

분홍빛 저고리
분홍빛 치마
봄이면 나타나는
아름다운 여인

산들산들 봄바람
그 속에서 너울너울 춤추는
우아한 여인

아름다운 분홍빛에 끌려
나비도
꿀벌도
그녀에게 다가가네

분홍빛 여인이여
아름다운 미모로
생긋 웃으면
그렇게 고울 수가

여름 가고
겨울도 가고
그녀가 다시 오기를
손꼽아 기다리네.

신비한 나라

조광석 (중3)

한국은 아름답고 신비한 나라라고 생각한다.

소학교 6학년 때까지만 해도 한국을 가 본 적 없어 어떻게 아름다운가를 전혀 몰랐다.

그런데 어머니가 한국에 놀러 갈 수 있는 기회를 주었다.

비행기를 타고 2시간 만에 도착한 한국의 인상이 참 좋았다.

나는 한국에서 2개월을 보냈다.

공부를 열심히 해서 한국에서 살자는 생각도 해 보았다.

중국보다 공기도 좋고 중국처럼 쓰레기를 마구 던지지 않았다.

환경으로 말하면 중국은 한국을 따라갈 수 없다.

나는 한국에서 방학을 보내고 돌아오는 길에 결심했다.

이후에는 한국에서 살겠다고!

미역국 없는 생일

한문룡(중2)

미역국 없는 생일
나만 기억해 낸 생일

어머니는 바쁘셔서
생각 못하셨고

할머니는 나이를 많이 먹어
잊어버렸다.

조선은 한국의 어머니다

원래 북조선(북한)과 한국은 한 나라였다. 전쟁이 나면서
조선은 두 나라로 갈라서게 되었다. 남조선은 이름을 고쳐
대한민국이라고 부른다.

　혈육의 정이 맺혀 있는 한국
　우리는 중국의 조선족으로서 한국과 끊을 수 없는 혈육의
정이 맺혀 있다. 나라는 비록 두 개지만 조상에게 물려받은
조선말을 쓰고 있다. 김치를 즐겨 먹으며, 올바른 예모의
전통을 소유하고 있다. 이렇게 많은 공통점을 가지고 있는데
어찌 한 가족이라 할 수 없겠는가?

　아이돌 왕국이 된 한국
　요즘 아이돌은 점점 더 많아져 간다. 그중에는 한국의
아이돌이 비교적 유명하다. SM, JYP, HYBE 등 큰 아이돌
회사도 중국에서 인기가 높다. 엑소, 빅뱅, 방탄소년단,
워너원……. 우수한 아이돌이 많은 한국은 세계에서 인기를
끌고 있다.

김치를 즐겨 먹는 한국

중국 사람들 입에서 한국이라고 하면 먼저 튀어나오는
것이 김치일 것이다. 우리 집도 김치가 없으면 밥을 먹지 못할
정도로 김치를 즐겨 먹는다. 새콤달콤한 김치의 매력에 풍덩
빠진 걸까. 한국에 간 조선족들도 김치가 제일 맛있다고 한다.

많은 부모들이 계시는 한국

"애야, 어머니 아버지 한국에서 언제 오신다니?"

"아마도 대학시험 칠 때 오실 겁니다."

이제 이런 대화는 중국 조선족 사이에서 일상이 되었다.
부모님이 자식을 공부시키려고 한국으로 가는 일이 흔하다.
부모님을 그리워하는 아이들은 슬그머니 날개를 달아
한국으로 날아가곤 한다.

혈육의 정이 맺혀 있는 한국, 아이돌 왕국이 된 한국, 많은
조선족 부모들이 계시는 한국. 비록 국적은 다르지만 문화와
경제에서 우리는 끊을 수 없는 혈육의 정으로 맺어져 있다.
우리는 한 가족이자 다정한 형제들이다.

너무 슬픈 생일

김선미(중3)

생일날이면 할머니께서 늘 미역국을 끓여 주셨다. 하지만 금년 생일은 나를 아프게 했다.

하필이면 생일 전날 가장 아꼈던 친구가 떠나 버렸다. 같이 지낸 날은 비록 짧지만, 나는 그 친구를 더없이 믿었고 감정도 깊어 갔다. 친구라고 부르기엔 너무도 소중한 사람이었다. 마치 부모님이 남긴 빈자리를 채워 주는 것 같았다.

현실은 잔인했다. 믿었던 친구마저 떠나 버려 가슴이 미어지도록 아팠다. 아무것도 보이지 않고 아무것도 들리지 않았다. 다리에 힘이 빠져 털썩 주저앉고 말았다. 내 울음소리가 할머니 귀에 들릴까 봐 손으로 입을 막은 채 온밤을 새웠다.

이튿날 아침이 내 생일이었다. 나는 모든 것이 귀찮았다. 물을 마시면 구역질이 나고, 목이 아파 말도 못했다. 친구한테 받은 배신감이 그만큼 컸다. 기쁨도 쾌락도 없는, 눈물과 상처로 채운 생일. 태어나서 이런 생일은 처음이었다.

아버지는 일찍 한국으로 떠나셨고, 어머니도 다섯 살까지가 전부였다. 어린 시절에 대한 상처라면 누구와 비교해도 작은 편이 아니었다. 나는 늘 혼자였으니까. 나는 늘 외로웠으니까.

사람들은 말한다, 상처를 극복해야 한다고. 받아들이고 용서해야 한다고. 화해하고 익숙해져야 한다고. 그래야 살 수 있다고. 몰라서 안 하는 것이 아니다. 싫어서 거부하는 것이 아니다.

생일날 아침에 울면서 다짐했다. 다시는 이런 생일을 보내고 싶지 않다고…….

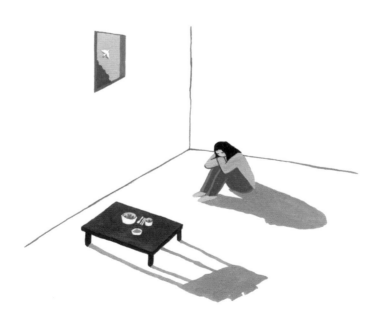

낯선 나라 한국

리은주(고3)

한국은 친근하면서도 낯선 나라다. 물론 나도 어렸을 때는
한국이 내 나라처럼 느껴졌다. 변화가 생긴 건 초중에서
고중으로 올라온 후였다. 한국이 조금씩 낯설어진 게
사실이다.

우리 집은 부모님도 중국에 계시고, 한국에 가 본 적은
없지만 전혀 거리감이 느껴지지 않았다. 그만큼 우리 가족은
한국 문화를 좋아했다. 텔레비전도 전부 한국 프로그램으로
바꿔 본 지 오래고, 집에 있는 책들도 한국 책뿐이다. 뉴스에
관심이 많은 부모님은 한국 뉴스만 보시지 중국 뉴스는 별로
관심이 없다. 월드컵 경기 때는 가족 모두가 일심동체였다.
한국이 이기면 소리를 지르며 환호하곤 했다.

주위 사람들은 한국을 자기 집 드나들 듯 다녀온다.
이런 환경 탓에 나도 한국이라는 나라를 멀리할 수 없었다.
같은 피를 가진 한 민족에게 친숙함을 느끼는 건 당연한 일
아니겠는가. 피가 당긴다는 말도 있지 않은가.

그러나 알면 알수록 한국과 조선족의 관계가 애매하고
민감해 보였다. 지금 당장 인터넷에 들어가 '중국 조선족'을
검색해 보라. 좋은 얘기는 하나도 없다. 중국 조선족에 대해

악의적인 얘기를 하는 사람들로 차고 넘친다. 조선족을 마치 범죄 집단처럼 여기는 사람들도 있다.

중국 조선족이 한국에서 왜 이렇게까지 이미지가 안 좋단 말인가? 인터넷을 검색하고 나면 한국에 대한 서운한 감정들로 넘쳐 난다. 중국 조선족들도 가만있지 않고 한국 사람들 허물 들추기에 바쁘다. 나는 이런 것을 볼 때마다 가슴이 아파 온다. 언제부터 한 민족이라 여겼던 사람들과의 관계가 이토록 나빠진 걸까?

학교에 다니는 학생으로서 나는 중·한 관계에 나서는 일이 쉽지 않다. 그렇지만 마음은 항상 두 나라에서 살아가는 한 민족끼리 서로 허물없는 관계가 되길 바랄 뿐이다. 같은 피와 역사를 가진 민족이 등을 돌리고 살아간다는 게 너무 슬프기 때문이다.

참 좋은 소리

정문련 (중2)

기분이 좋을 때
친구들과 찰칵

기념을 남기고 싶을 때
가족들과 찰칵

찰칵 찰칵은
참 좋은 소리

길을 걷다 만나는
아름다운 풍경과도 찰칵.

빙장

김수미 (고3)

한국은 우리에게 친밀한 나라입니다. 중국과 거리도 멀지
않고, 같은 조선어를 사용하기 때문입니다.

어릴 때부터 한국이라는 나라에 대해 많은 상상을
했습니다. 제가 네 살이 되던 해, 부모님이 한국으로 노무를
간 것입니다. 한국은 성공한 나라여서 크게 걱정하진
않았습니다.

중학교 3학년 때 처음으로 한국을 다녀왔습니다.
한국은 상상했던 것보다 훨씬 발달한 문명의 나라였습니다.
텔레비전에서 본 것과 조금도 다르지 않았습니다.

아버지와 함께 빙장(氷場, 아이스링크)에 갔습니다.
아침인데도 빙장은 스케이트를 타려는 사람들로 붐볐습니다.
스케이트가 서툰 저는 몇 번이고 넘어졌습니다. 하지만 어느
누구도 저를 비웃거나 원숭이처럼 구경하지 않았습니다.
괜찮다며 손을 잡아 주었습니다. 저는 한국 사람들의 품성과
소질이 부러웠습니다.

한국에서 여러 곳을 다녔지만 가장 인상 깊었던 곳은
빙장입니다. 문명이란 이런 것인가? 빙장 시설이 잘 갖춰져
흐뭇한 추억으로 남아 있습니다.

사상감정

'북국풍광 / 천리빙봉 / 만리설표(北国风光 / 千里冰封 / 万里雪飘,
북국의 풍광 / 천리에 얼음 덮이고 / 만리에 눈 날리네).'

조국(중국)의 겨울 풍경 사진을 보니 모택동(마오쩌둥)
시조가 떠오른다. 끝없는 연상과 광란이 머릿속에서 불꽃을
일으킨다. 사진의 매력은 바로 이 속에 있다.

그림, 문학, 음악이 표현하는 방식과 다르게 사진의
우세는 직감적으로 느껴지는 시각 충격에서 체현된다. 우뚝
솟은 장가계(张家界, 장자제)의 돌산이나 동서를 연결해 주는
장강(长江, 양쯔강) 사진을 보았는가. 두 개의 사진은 우리에게
무한한 호방감을 안겨 준다. 모두 대호강산을 담은 풍경
사진이다.

또 어떨 때는 어머니의 미소를 담은 인물 사진이
잠잠하지만 긴 따스함을 안겨 준다. 이처럼 사진은
사상감정(생각과 감정)을 표현할 수 있는 일종의 도경이
아닐까?

나는 사진 들추기를 즐긴다. 그 속에서 말로 표현하기
어려운 은은하고도 깊은 감동을 느낀다. 어쩌다 인터넷에서
명사진을 볼 때도 같은 마음이 생겨난다. 작가가 무엇을

표현하려고 했는지 의도가 느껴지기 때문이다.

　사진을 감상하면서 나는 사진 그 자체만 보려는 것을 버렸다. 대신 그 속에서 작가의 사상감정을 읽어 내려고 애썼다. 그것은 바로 광야에서 바른 길을 찾는 것과 마찬가지다. 근면히 노동하는 농민의 뒷모습에서 알알이 익은 곡식의 중요성이 느껴지고, 메마른 대지를 찍은 사진을 보면 환경보호를 소홀히 한 우리의 과오들이 절절히 느껴진다.

김소월의 진달래

박지은(고3)

중국은 목단, 일본은 벚꽃, 러시아는 해바라기…….

각 나라마다 대표하는 꽃이 있습니다. 그 꽃은 단순히
명사(名土)를 대표하지 않습니다. 전 국민이 오래도록 지니고
온 역사, 계승해 온 정신, 그 나라만의 색채를 보여 주고
있습니다.

나는 조선족으로 태어난 것을 자랑스럽게 여깁니다. 다른
민족과 달리 우리 민족은 민족정신을 상징하는 진달래를
소유하고 있기 때문입니다.

진달래, 이 이름을 듣는 순간 한민족은 가슴이 뛸
것입니다. 1년 중 가장 빨리 꽃을 피우며, 얼어붙은 땅에
봄이 찾아왔음을 말해 주고 있습니다. 매년 4월이 되면 바쁜
공부 중에도 하루쯤 시간을 비웁니다. 나의 고향 삼차구 서산
기슭에 올라 진달래를 감상하곤 합니다.

앙상한 나뭇가지에서 아련하게 꽃을 피우는 진달래.
학교에서 읊던 시 한 편이 떠오릅니다.

나 보기가 역겨워 / 가실 때에는
말없이 고이 보내 드리오리다. / 영변에 약산

진달래꽃 / 아름 따다 가실 길에 뿌리오리다.

3년 전 학교에서 배운 시지만, 매우 의미 있고 인상 깊었던
기억이 납니다. 시 전편을 관통하는 주된 요인은 슬프고
우울한 정서를 토로하는 이별의 정한입니다. 나는 그 속에서
조선 여성들을 비롯해 조선족이 소유하고 있는 고상한
정신을 느꼈습니다.

남편을 떠나보내야 했던 조선족 여성의 내면에 깊숙이
뿌리박힌, 예로부터 조선족이 지녀 온 인고의 정신과 민족의
정통성. 이것이야말로 얼마나 가치 있고 찬양을 불러일으킬
고상한 품성입니까? 매서운 칼바람을 버텨 내며 꽃을 피운
진달래를 보고 있으면 인고의 정신에 눈물이 납니다. 시인
김소월도 우리에게 간난신고를 말하고 싶었을 겁니다.

진달래는 농후한 색채를 지닌 꽃으로, 동북3성(지린성,
랴오닝성, 헤이룽장성) 어디를 가도 조선족의 대명사로 불리고
있습니다. 아주 옛날부터 진달래를 찬양하는 노래와 시,
소설 등이 널리 전파되어 우리의 생활을 더욱 풍요롭게 해
주었습니다.

조선족 마을 삼차구 곳곳에도 진달래의 자취가 보입니다.
진달래거리, 진달래광장, 진달래춤……. 이렇듯 내 주위를
맴돌고 있는 진달래를 보노라면 흐뭇하고 자랑스러운 감정이
넘쳐 오르곤 합니다.

5월 11일

김미영(고2)

어머니가 경영하는 식당이 있었다. 내가 먹어 본 음식
중에서 가장 맛있는 음식을 파는 식당이었다. 그런데
하루는 어머니가 한숨을 내쉬었다. 식당을 혼자 꾸리는 게
너무 힘들다고 했다. 월세만 받는 조건으로 식당을 넘겨준
어머니는 한국에 돈 벌러 가셨다.

작년까지만 해도 나는 부모님의 생일을 기억하지 못했다.
그러던 중 우리 집에 끔찍한 일이 벌어졌다.

그 사고는 5월 11일 오후 4시쯤 일어났다. 반 주임(담임)이
복도에서 창문 밖을 보고 있었다.

"선생님, 무얼 그렇게 열심히 보고 계세요?"

"불이 났나 보다. 연기가 하늘을 뒤덮고 있네."

보충 수업 준비를 알리는 종이 울렸다. 나는 교실로
들어가 교과서를 펼쳤다. 고중생(고등학생)이 되면서 공부가
바빠지고 있었다.

수업을 다 마친 나는 콧노래를 부르며 집으로 향했다.
문을 열고 들어가자 외할머니 울음소리가 들려왔다.

"식당에 불이 난 것 알고 있었니? 글쎄 우리 집이 다 타
버렸다."

122

나는 멍하니 자리에 서 있었다. 학교에서 선생님이 불이 났다고 했을 때, 그 집이 바로 세를 준 우리 집이었다.

　나는 급히 한국에 있는 어머니에게 영상통화를 보냈다. 어머니의 목소리는 울음 속에 잠겨 있었다. 방으로 들어온 나도 울고 말았다. 5월 11일, 어머니의 생일이었던 것이다.

　그날 이후 우리 가족은 불에 대한 이야기를 절대 꺼내지 않는다. 부모님의 생일이 우울하면 나도 슬퍼진다.

부드러운 말씨

한국은 '대한민국'의 약칭이며, 우리의 이웃 나라다. 우리와
같은 언어를 쓰는 민족이라 그런지 처음부터 각별히
친근감을 느끼게 되었다.

중국의 조선족들은 지금보다 더 잘살아 보려고 한국으로
돈 벌러 많이 떠났다. 나도 작년에 친척 언니 결혼식이 있어
부모님과 함께 한국을 처음 갔다. 오늘 그 이야기를 생각나는
대로 적어 보려 한다.

한국은 발달한 선진국만큼 전민(전 국민)의 소질도 높다.
공공장소에서 담배를 피우거나 큰 소리로 떠들지 않는다.
극장이나 은행 등 복무 업체에 가면 환한 얼굴로 깍듯이
인사를 하며, 부드러운 말씨로 여러 가지를 차근차근 설명해
준다. 인차 마음이 훈훈해났다(훈훈해졌다).

한국은 위생을 잘 지키는 나라다. 공원은 말할 것도 없고
짧지 않은 거리도 항상 깨끗하고 상쾌하다. 공원, 체육장,
거리 등 공공시설의 특화에 눈이 번쩍 뜨일 정도다. 길 가는
시민들의 옷차림도 깨끗하고 건강관리를 참 잘한다. 실제
나이를 알고 나면 눈이 휘둥그레질 정도로 놀랄 때가 많다.
오십도 사십으로 보인다.

그리고 한국은 무상복무업체(봉사단체)가 많다. 우리들이
소학교 시절부터 하고 있는 것과 같다. 각 학교의 학생들이
중국의 면벽한 시골을 찾아가 촌민들에게 전통놀이를 가르쳐
주고 있지 않은가. 하지만 한국은 70~80세 고령이 되어도
일하지 않으면 먹고살기 어렵다는 말도 들었다.

우리는 앞으로 한국의 우수한 점들을 많이 섭취해야 한다.
그리고 지금처럼 제집 문 앞 드나들 듯 한국과 계속 화목하게
지내며, 공동히(서로) 발전하기를 진심으로 바란다.

작은이모

문수옥(고3)

집이 곤란한 우리 가족은 아빠와 엄마가 한국에 나가 돈을
벌어야 했습니다. 하지만 엄마가 한국에 간다고 했을 때
걱정이 많았습니다. 한국 사람들에게 왕따를 당하면 어쩌지?
우리 엄마는 한족 사람이어서 한국말을 잘 못했던 것입니다.

한국에 도착한 엄마는 친구의 안배(도움)로 식당에서
일했습니다. 그리고 얼마 지나지 않아 한국 사람들은 내
머릿속 근심을 말끔히 씻어 주었습니다. 식당에서 일하는
우리 엄마를 인간적으로 잘 대해 준 겁니다.

식당에서 나이가 제일 적은 엄마는 새 이름이 생겼다고
했습니다. '작은이모?' 이 말을 듣는 순간 내 얼굴은 미소가
한가득 번졌습니다. 작은이모라는 별호가 너무 귀여워
하루에도 몇 번씩 웃곤 했습니다.

엄마에게 한국말을 가르쳐 준 식당 사모님도 훌륭해
보였습니다. 손님이 없을 때 사모님은 한국 사람들과 교류할
수 있도록 한국말을 가르쳐 주신 겁니다. 식당은 작지만
사장님의 사상(생각)이 올바르고, 음식도 질이 좋아 손님이
많았다고 합니다.

엄마는 그 식당에서 2년간 일했습니다. 한국말을 배워

손님들과도 친구처럼 지냈다고 했습니다. 이국땅에서 일하는
동안 우리 엄마를 도와주신 분들께 꼭 감사하다는 말을
전하고 싶습니다.

수분하 여행

박송민(중2)

7학년(중1) 봄이었습니다. 한국에서 작가 선생님이 우리
학교에 오셨습니다. '제2회 파랑새 우리말 백일장' 작문
시합을 마친 작가 선생님은 내일 수분하(쑤이펀허)로 여행을
간다며 미리 준비하라고 했습니다.

하지만 난 작문 시합에서 기회를 받지 못했습니다.
조금만 더 노력했으면 상장을 받을 수도 있었다며 후회하고
있었습니다. 그런데 아주 기쁜 일이 생겼습니다. 작문
시합에서 상장을 받은 고중 3학년 형과 누나들이 대학시험
준비 때문에 여행을 갈 수 없게 된 것입니다.

수업이 끝나 갈 때였습니다. 선생님은 수분하를 함께
갈 몇 명을 선발하는 중이었습니다. 그때 마침 상장을 받은
친구가 나를 끊임없이 추천했습니다. 나는 콩밭에 나가
두부를 찾는 심정이었습니다. 나에게도 이런 딱친구(좋은
친구)가 있다는 게 너무너무 고마웠습니다.

이튿날 아침 친구와 함께 여행길에 올랐습니다. 버스를
빌려 수분하에 도착한 우리는 작가 선생님의 이야기를
귀담아들었습니다. 수분하 옛날 역에서 안중근 의사와
유동하 이야기를 들려주신 겁니다. 러시아말을 할 줄 아는

유동하는 우리와 나이가 비슷한 독립운동가였습니다.
안중근 의사는 수분하역 근처에 살고 있는 유동하와 함께
하얼빈으로 떠났다고 했습니다. 이번 기회에 반드시
이등박문(이토 히로부미)을 죽여야 했기 때문입니다.

처음 들어 보는 독립운동 이야기를 다 마친 후였습니다.
작가 선생님이 나와 친구를 부르더니 사진을 찍어
주었습니다. 얼마나 고맙고 기뻤는지 모릅니다. 작가
선생님이 찍어 준 사진 때문에 우리는 딱친구가 된 겁니다. 그
친구와 나는 공부도 같이하고, 둘 사이에 바쁜 일이 생기면
서로 방조합니다.

수분하에서 찍은 사진을 보고 있으면 작가 선생님의 웃는
모습이 생각납니다. 그날 우리는 수분하에서 많은 사진을
찍었습니다.

'작가 선생님, 딱친구를 만들어 주어서 정말 고맙습니다.
우리말 잊지 않고 열심히 쓰겠습니다.'

5부 혼자 지내는 생일

세종대왕 동상

신소연 (고3)

초중 때 한국을 유람했던, 그 몇 주일이 지금도 기억 속에
생생하게 담겨 있습니다. 유람을 떠나는 전날 흥분 상태에
빠진 나는 가슴이 두근거려 잠을 잘 수가 없었습니다.

출발하기 전 나는 한국에 대해 알아보려고 했습니다.
인터넷을 검색하고, 먼저 다녀온 친구들에게 물었더니
한국은 깨끗하다고 했습니다. 조선족도 백의민족으로
불리기에 저 또한 깨끗한 것을 좋아합니다. 부모님이 보내온
한국 음식을 먹어 본 적 있어 한국의 습관과 잘 맞을 거라고
생각했습니다.

드디어 기다리고 기다리던 아침이 밝아 왔습니다. 나는
공부에 대한 압박감을 버리고, 이제야 실컷 놀아 보겠다는
마음으로 서울에 도착했습니다.

서울 유람의 첫 번째 장소는 광화문이었습니다. 조선
민족의 언어를 만드신 세종대왕 동상을 꼭 보고 싶었습니다.
광화문 광장에 세워진 세종대왕 동상은 우리 민족의 언어가
담긴 듯 웅위했습니다. 나는 두 눈을 감은 채 우리말을 더
사랑하고 지켜야겠다고 다짐했습니다. 서울은 영어 간판들이
너무 많아 눈에 거슬리기도 했습니다.

이어서 많은 사람들이 추천한 남산타워에 올랐습니다. 남산타워는 엘리베이터가 인상적이었습니다. 엘리베이터 속의 영상들이 마치 우주로 날아가는 듯했습니다. 엘리베이터를 타고 200m 이상 올라간 것도 처음이었습니다.

한국으로 떠난 첫 유람은 나의 호기심을 한층 높여 주었고, 제일 행복한 방학이었습니다. 인체에 쌓인 스트레스를 남김없이 풀어 주었습니다. 중국으로 돌아오기 전날 바다를 유람한 것도 참 좋았습니다.

7월 15일

려금실(중1)

나는 할아버지와 생일이 같다. 그래선지 생일 때가 되면 할아버지는 기적이라고 하셨다. 할아버지와 사이가 가깝다 보니 할머니가 질투하실 때도 있었다.

할아버지 생신날에 맞춰 연길 본가에 간 날이었다. 할아버지와 할머니는 우리 가족을 반갑게 맞아 주셨다.

나는 저녁 식사를 준비하는 아빠를 도와 서툰 솜씨로 음식을 만들었다. 할아버지가 보시고는 "아이구, 우리 손녀 다 컸다"며 칭찬을 해 주셨다. 하지만 행복도 잠시. 할아버지 몸 상태가 나빠져 병원으로 갔다.

깨어나길 간절히 기도했던 할아버지는 이튿날 결국 임종하시고 말았다. 7월 15일, 할아버지의 생신날이자 내 생일날이었다. 처음엔 믿어지지 않았다. 그냥 꿈이길 바랐다. 울지 않으려고 입술을 꽉 깨물었지만 끝내 터지고 말았다.

할아버지와 생일이 같은 나는 한 번도 슬픈 적이 없었다. 부모님이 내 생일은 잊어도 할아버지의 생일은 기억하고 있기 때문이다. 그런 할아버지께서 하필 생신날 돌아가시다니……. 한참을 울고 있는데 아빠가 내 등을 쓰다듬어 주었다.

장례식을 마치고 돌아온 할아버지의 집은 썰렁했다. 할아버지가 없는 집에서 적응하려면 시간이 오래 걸릴 것 같았다. 다시 볼 수 없다는 것처럼 슬픈 일이 또 있을까.

3년이 지난 지금까지도 나는 친구들에게 이 말을 하지 못했다. 할아버지께서 살아 계실 적엔 생일날이 행복했지만, 할아버지가 돌아가신 뒤로는 너무 슬퍼졌다고.

올해도 생일을 맞은 나는 할아버지가 나를 꼭 안아 주는 상상에 사로잡혔다. 할아버지의 따뜻한 체온이 그리웠다.

그해 여름날

차길상 (고2)

여름 방학에 나는 집에서 혼자 심심하게 지냈다. 밖은 너무
더워 개미들도 타 죽을 것 같았다.

텔레비죤(텔레비전)을 보다가 갑자기 친구 생일날
강변에서 같이 놀던 일이 생각났다. 그날은 우리 반 만송이의
생일이었다.

나는 우리 반 친구 몇 명과 함께 만송이를 찾아갔다.
그날도 무더운 여름이었다. 판점(식당)에서 만난 우리는
돌아가면서 만송이의 생일을 축복해 주었다. 각자 마련한
선물도 주었다.

빈손으로 가서 선물을 주지 못한 나는 만송이를 한 번
끌어안은 뒤 자리에 앉았다. 그런데 만송이의 표정이 좀
이상해 보였다. 내가 선물을 가져오지 않아 화난 표정, 빙그레
웃는 표정, 왔으면 됐다면서 짓는 만송이의 표정.

여기까지 생각하니 목이 말랐다. 물을 마시면서 그때 일을
다시 생각하니 웃음이 터져 나왔다. 다른 친구들이 준비한
선물을 만송이한테 줄 때 나는 찬물만 두 고뿌(컵) 마셨다.

판점에서 나온 우리는 오늘 같은 날은 물놀이하는
게 좋겠다며 '일도파'라는 큰 강변으로 갔다. 그곳에는

각양각색의 물놀이 항목이 있었다. 한 장의 사진은 나와 만송이가 물속에 푹 잠기는 사진이다. 나는 또 한 번 웃고 말았다. 누가 더 물속에서 오래 있는지를 재는 버티기 시합이었던 것이다.

또 한 장의 사진은 3시간 넘게 물에서 놀다 배가 너무 고파 밖으로 나올 때 찍은 것이다. 케이크에 촛불을 켜고 찍은 첫 번째 사진과 비교하면 마지막 사진은 좀 불쌍해 보였다. 배불뚝이 배가 푹 들어간 게 보였다.

사진첩을 덮고 만송이한테 전화를 쳤다. 그때 모인 친구들이 10명이었는데 지금은 7명밖에 남지 않았다.

"만송아, 어디야?"

"맏어매(이모) 집."

"그럼 나와. 우리 물놀이 가자."

연변의 국화 國花

허은혜(고3)

푸른 하늘 햇빛 아래
바람 불자 연한 향기
코끝에서 지나가네

작은 방울 하얀 진주
아름다운 처녀 얼굴
가는 길에 쳐다보니
쑥스러워 붉어지네

남쪽 바람 불어오니
눈꽃 같은 분홍 꽃잎
바람결에 휘날리며
나풀나풀 춤을 추네

아름다운 진달래여
연변의 상징 진달래여
분홍빛에 휘날리며
세상만물 물들이네.

한국과 중국의 새해

홍금희(고1)

한국은 환경보호를 중시하는 나라다. 하지만 옛날의 한국은 환경에 크게 신경 쓰지 않았다. 국가가 발전하면서 환경도 많이 바뀌었다. 학생과 부모들까지 환경보호에 앞장서고 있다.

중국도 몇 년 전부터 환경에 대한 지시가 내려졌다. 매우 중요한 일이다. 집이든 거리든 환경이 좋아야 기분도 상쾌해진다.

한국의 새해는 중국과 비슷한 점도 있고 그렇지 않은 점도 있다. 중국에서는 새해를 춘절이라 하고, 한국은 설날이라고 한다. 음력설이 되면 중국 사람들은 폭죽을 터뜨리며 밖에서 요란하게 보낸다. 반대로 한국은 가족들과 방에서 조용히 차례를 지낸다. 중국 사람들은 새해에 치파오라는 알록달록한 옷을 입고, 한국 사람들은 아기자기한 한복을 입는다.

한국 설날의 요리는 각양각색이다. 여러 가지 반찬이 상에 가득하다. 한국은 설날 아침에 떡국을 먹지만 중국은 만두와 빵을 먹는다.

한국 사람과 중국 사람은 얼굴 모양새도 비슷하다. 그러나 말투를 보면 금방 알아챈다. 중국 말투는 거칠고 한국 말투는 예의 바르다. 아주 작은 나라인데도 노력으로 발전한 결과다.

잊을 수 없는 사진

조만송(고2)

일요일 오후, 방을 청소할 때였다.

장롱 안에서 사진을 한 장 발견한 나는 살살 먼지를
털었다.

수영복 바지를 입은 아이가 모래밭에서 아빠다리를 하고
앉아 있었다.

소학교 4학년 때 한국에서 찍은 사진이다.

그날은 태양이 백사장을 가마솥처럼 달구고 있었다.

나는 수없이 바다로 뛰어들었다.

"조심해서 놀아. 넘어지지 말고."

엄마였다.

태어나 처음 가 본 한국 해수욕장은 나를 개구리로
만들었다.

바다에 뛰어들면 너무 시원하고 상쾌했다.

사진을 찍은 지 벌써 7년이 지났다.

나는 삼차구에서 학교를 다니고, 엄마와 아빠는 지금도
한국에 있다.

외증조부

박경매(고1)

앨범 속에는 많은 시간이 담겨 있다. 그 시간들은 모두 기억의 산물이다.

앨범 속 첫 사진은 할머니와 할아버지다. 흑백 사진으로 남은 할아버지는 아버지가 어렸을 때 돌아가셨다. 나는 흑백 사진을 보기 전까지 할아버지의 모습을 알지 못했다.

다음 사진은 외증조부다. 외증조부의 사진이 오랜 세월 동안 남아 있는 것은 정책 때문이다. 중국 정부에서 항미원조(抗米援朝, 6·25 전쟁 당시 미국을 반대하고 북한을 지원한 중국군)에 참전한 사람들에게 정책이 나왔는데, 그때 사진사가 와서 찍은 사진이다. 사진 속 외증조부는 가슴에 여러 개의 훈장과 함께 손에 깃발을 들고 있다.

나는 외증조부의 사진을 보면서 자그만 감동이 생겼다. 외증조부는 내 마음속 영웅이었던 것이다. 외증조부는 한국에서 돌아가셨다. 그 사진을 아버지가 잘 보관한 덕에 지금까지 남아 있다.

앨범 속 마지막 사진은 외할머니다. 외할머니의 젊은 시절을 사진으로 보면서 나는 많은 생각을 했다. 이렇게 웃는 걸 좋아하셨으면서 성격이 왜 급히 변한 걸까? 외할머니는 몇 년간 병을 앓다 돌아가셨다.

시간은 흘러간다. 누구도 그 시간을 정지시킬 수 없다. 우리에게 남은 건 기억과 사진뿐이다. 한 장의 사진을 보고 있으면 당시의 기억이 떠오른다. 내가 모르는 것들도 사진이 보여 준다.

셀카 사진

려유빈(중3)

엄마와 나는 가끔 추억의 문을 열곤 한다. 추억의 사진첩에
엄마와 아빠가 연애할 때 찍은 사진과 내 어린 시절이 담겨
있기 때문이다.

나는 엄마와 함께 돌 때 찍은 사진부터 보았다.

'하, 무슨 애기가 이렇게 못생겼나!'

보슬보슬한 머리, 납작한 코, 생기다 만 눈썹……. 입술만
겨우 앵두처럼 곱다.

엄마는 내 입술을 볼 때마다 누구를 닮았냐며 웃었다. 내
입술은 엄마도 아빠도 닮지 않았다. 하지만 난 돌 때 모습으로
돌아가는 건 싫다.

일곱 살 무렵의 사진은 피부가 새하얗고, 예쁜 옷을 입고
있어 그림 같았다. 조금 더 지나니 사춘기 소녀가 나타났다.
열세 살 때 엄마가 생일 기념으로 찍어 준 사진이다. 하하.
수많은 사진 중에서 열세 살 무렵에 찍은 사진이 마음에
들었다.

이제 엄마 차례다. 그런데 엄마 옆에 남자들이 너무 많다.
얼굴들도 각양각색이다. 엄마에게 묻자 '하하하, 따르는
남자들이 많아서'라고 한다. 내가 보기에도 엄마는 월등히

예뻐 보였다.

"엄마는 이 중에서 제일 마음에 드는 남자가 누구였는데?"

"그야 장리영이지. 느그 아빠 말이다."

아빠랑 연애하던 시절을 들려줄 때였다. 가장 감동받은
사진은 아빠였다.

우리 아빠는 엄마와 나를 위해 한국에서 집 짓는 일을
하고 있다. 아빠는 일할 때 모습을 핸드폰으로 찍어 보내
주는데, 나는 그 사진들이 제일 좋다. 아빠의 일하는 모습이
담긴 사진을 보고 있으면 코끝이 찡해 온다.

나는 아빠가 한국에서 보내는 셀카 사진을 한 장 두 장
모으는 중이다. 아빠가 오시면 선물하려고 추억의 집에
차곡차곡 간직하고 있다.

생육

최요한(고1)

나는 15년 전 이 세상에 태어났다. 그 태어남에 생일을 갖게 되었고, 그렇게 가진 생일을 지금까지 빠짐없이 보냈다.

생일은 나한테 그토록 중요했던가. 내 생일은 내가 주인공이기에 모든 사람은 나를 축하하러 온 것이고, 그것은 당연한 것이라고 생각했다. 내 생일이기 때문에 혼자만 잘 놀고 잘 먹으면 되는 줄 알았다.

《생육》이라는 책을 펼쳤다. 책 속에는 내가 어떻게 생겨났고 어떻게 태어났는지, '이렇고 저렇고'가 명백히 밝혀져 있다. 그중에서도 임신부의 해산이 고통이라는 말이 나를 아프게 했다.

나는 책을 덮고 어머니에게 다가가 위로해 주었다. 어머니는 아무 말도 하지 않은 채 그냥 미소만 짓고 있었다. 옆에 계시던 할머니가 입을 여셨다.

"너를 낳다가 니 에미 죽을 뻔했다. 바닥에 온통 피랬어. 쯧쯧……."

할머니의 말에 마음이 두근거렸다. 눈에서 눈물이 주르르 흘러내렸다.

15년 전 어머니는 나에게 태어남을 주셨다. 그 고통스런

출생이 나에게는 생일이 되었다. 그 생일을 빠짐없이 열다섯 번이나 보냈다. 생일만 되면 싱글벙글 웃던 자신이 책망스러워졌고(원망스러워졌고), 철들지 못한 내가 미워졌다. 생일날 아침에 "저를 낳아 주셔서 고마워요"라는 말을 듣고 싶으셨을 텐데, 나는 한 번도 해 준 적이 없다.

이제 생일날 케이크 따위는 필요 없다. 나는 어머니만으로 족할 수 있다.

아버지의 분투

김설(고3)

한국은 특별한 의미를 가진 나라다. 조선족과 한국인은 같은 언어를 사용하고, 민족적 습관도 크게 다르지 않다. 한국은 또 나의 아버지가 일하는 곳이어서 특수한 나라로 자리를 잡았다.

어렸을 때 우리 집은 무척 곤란했다. 먹고살 수는 있었지만 내가 학교에 갈 나이가 되면서 바빠졌다. 학교에 내는 학비가 우리 집을 곤란하게 만들었다.

내 문제를 해결하겠다며 아버지는 한국으로 떠났다. 한국에서 알바(아르바이트)만 해도 중국 농촌에서 농사짓는 것보다 더 많이 벌 수 있다고 했다. 그때부터 나와 한국 사이에 다리가 놓아진 것 같다.

아버지가 한국에 간 후부터 나는 눈이 까맣게 아버지를 기다렸다. 아버지가 선물로 가져온 한국 식품과 놀이감(장난감)도 신기했다. 농촌에서 가지고 놀던 것과 품질이 달랐다.

조국(중국)이 나에게 안전한 생활을 주었다면, 한국은 우리 가족을 빈곤에서 벗어날 수 있게 해 주었다. 아버지의 분투로 여름 방학을 맞은 나는 한국에 갈 수 있었다. 아버지가 일하고 있는 나라를 더 깊이 료해(이해)하는 시간이었다.

한국은 대화가 많고 친절한 나라였다. 친절한 택시 기사가 있었고, 남을 도와주기 좋아하는 아줌마도 있었다. 아버지가 친절한 사람들과 지내고 있어 마음이 놓였다.

아버지는 오늘도 우리 가족을 위해 분투하고 있다. 나는 그런 아버지가 자랑스럽고, 한국을 고마워한다.

한 장의 종이

박정화 (고3)

너무도 평범한 그 이름
너무도 흔한 그 이름
누군가 지어 준 다른 한 이름
그들은 그더러 추억이라 하더라

가족과 함께 여행하며 찰칵
친구와 함께 유희하며 찰칵
웃음꽃이 피어나는 한 장의 종이
사람들은 그더러 행복이라 하더라

님이 그리우면 꺼내서 힐끗
님이 보고프면 또 한 번 힐끗
눈물을 불러내는 한 장의 종이
사람들은 그더러 슬픔이라 하더라

행복을 담고 있는 종이 한 장
슬픔을 품고 있는 한 장의 종이
시간을 거스르는 마법의 종이
사람들은 그더러 보물이라 하더라.

사진 찍기

박주한(중1)

여행길에
찰칵 찰칵

이쪽에서도 찰칵
저쪽에서도 찰칵

기분이 참 좋다

교실에서도 찰칵
운동장에서도 찰칵

사진을 찍을 땐 참 재밌다

시원한 빙과처럼
마음도 시원해진다.

혼자 지내는 생일

한해련(중2)

어려서부터 나는 제일 기쁜 날이 생일이라고 생각했다.
그렇지만 나한테는 행운이 따라 주지 않았다.

내가 세 살 되던 해 엄마는 한국으로 갔고, 아빠도 곧
따라갔다. 열 살 때가지 나를 키워 준 분은 할아버지셨다.
매년 생일이면 할아버지는 김밥, 떡볶이 등 손녀가 좋아하는
음식을 해 주셨다. 지금은 곁에 아무도 없다.

나의 기억 중에 제일 행복했던 생일은 아홉 살 때다.
삼촌이 새 옷과 케이크를 사 주셨고, 저녁에 외식을 했다.
하지만 그건 엄마도 아니고 아빠도 아닌 삼촌이었다.

나는 사진이 별로 많지 않다. 엄마 아빠와 찍은 사진은 열
장 정도다. 슬플 때도 있지만 웃으려고 한다. 열다섯 살이면
스스로 감당해야 하기 때문이다. 가끔 부러운 적도 있었다.
케이크를 들고 가는 가족을 보았을 때다. 부모님 손을 잡고
가는 아이가 너무 행복해 보였다.

엄마 아빠가 없는 자리는 친구가 제일 귀중하다. 생일날
친구와 케이크를 나눠 먹으면 근심도 사라지고 괴로움도
사라진다.

부모님과 찍은 어렸을 때 사진을 본다. 내 인생에서

가장 행복한 사진이다. 내 생일날 부모님이 없는 것처럼, 부모님 생일에도 내가 없지 않은가. 부모님을 깊이 생각하면 감사하기도 하고 미안하기도 하다.

　　내 꿈은 크지 않다. 생일날 하루만 가족과 함께 지내는 것이다. 열네 살은 이미 지나갔으니 열다섯 살에 기대를 걸어 본다. 그리고 나처럼 혼자 생일을 지내는 친구들에게 말해 본다. 언젠가 하루는 부모님과 꼭 함께 지낼 수 있을 거라고…….

내일이 아름다워지려면

전귀영(고3)

어른들은 말한다. 한 장의 사진은 영원한 추억을 남긴다고.
맞는 이야기다. '찰칵!' 하는 순간 성장의 흔적들이 사진 속에
담긴다.

　우리의 시간 속에는 여러 모양의 추억이 담겨 있다.
아름다운 추억일 수도 있고, 아픈 추억일 수도 있다. 아픈
추억을 가진 사람은 사진에 '뽀샵'을 한다. 아픈 기억을
아름다운 추억으로 만들고 싶은 것이다.

　사진을 찍을 때 우리는 '김치' 하면서 입꼬리를 올린다.
웃는 얼굴을 남기고 싶어서다. 우리들의 생활도 크게
다르지 않다. 이처럼 우리는 사진 속에서 배워야 한다. 늘
밝은 표정으로, 아름다운 얼굴을 가지려고 노력해야 한다.
비록 학생 신분이지만 나도 노력하는 중이다. 자연스럽게
아름다워지는 방법을. 자연스럽게 선량해지는 방법을.

　물론 시험 성적이 좋지 않은 날은 사진처럼 잘되지
않는다. 밥도 먹지 못하고, 잠도 제대로 자지 못한다. 그럴
때면 나는 음악을 틀어 놓고 사진을 본다.

　'언제까지 찡그리고 있을 거야. 사진처럼 한번 웃어 봐.'

　왜 아닐까, 사진처럼 예쁘게 활짝 웃어야 없는 복도

생겨난다. 하루를 살더라도 활력을 주는 사람으로 살아야 하는 이유다.

평시에도 나는 사진 찍기를 좋아한다. 사진을 찍고 있으면 마음이 쾌활해진다. 실제 생활에서도 보이지 않는 변화가 생긴다. 내일이 더 아름다워지려면 지금의 순간들이 봄처럼 향기로워야지 않을까?

사진 찍기를 하면서 배운 교훈이다.

다섯 개의 사연

문수록(고2)

첫 번째 사연은 소반(초등학교) 시절의 이야기다.

그때 나는 남자머리를 하고 있었다. 동그란 얼굴에
금방이라도 울 것 같은 슬픈 표정이다. 엄마의 신체(건강)가
그만큼 나쁜 때였다. 편리를 위해 엄마는 남자머리로 깎아
주었다. 남자머리를 하면 매일 아침 머리를 매어 주지 않아도
되기 때문이다.

두 번째 사연은 중반(중학교) 시절에 한국 선생님과 찍은
사진이다.

나는 소반 때부터 교회를 다녔다. 한국 선생님이 교회를
방문해 함께 찍은 사진이다. 나는 녹색 치마를 입었고,
다소 엄숙한 표정을 짓고 있다. 선생님이 부르면 "예" 하고
대답하는 표정이다.

세 번째 사연은 교회에서 언니와 찍은 것이다.

교회 잔치가 있는 날이었다. 웃옷에 이름표가 붙어 있다.
이마와 양 볼에 자기가 좋아하는 과일 그림도 붙어 있다.
맛있게 음식을 먹고, 유쾌하게 웃으면서 찍은 사진이다.

네 번째 사연은 운동회 날 엄마랑 언니랑 셋이 찍은
사진이다.

운동회가 열리면 달리기에서 꼭 1등을 했다. 그래서인지 엄마는 나를 놀리곤 한다. 이제 너무 뚱뚱해서 목이 잘 안 보인다고. 하지만 지금도 달리기는 1등을 한다.

마지막 한 장은 작년 생일 때 찍은 사진이다.

그날은 엄마가 내 생일상을 차려 주려고 한국에서 왔다. 내가 좋아하는 케이크와 채소를 잔뜩 사서. 가장 감동적인 생일을 보낸 날이다.

우리 엄마는 한국에서 혼자 지낸다. 나와 언니를 위해 고생하는 엄마를 생각하면 마음이 아프다. 자식이 뭐라고 끝없는 사랑을 베푸시는 걸까. 아무리 힘들어도 엄마는 반년에 한 번씩 우리를 보러 오신다.

시간의 선물

윤국량 (고3)

삼차구로 공부하러 온 지 벌써 13년이 되었다.

일곱 살 무렵의 생일이 독특하게 남아 있다. 그때는
어머니가 농사를 지으셨다. 생일도 어머니랑 집에서 지낼 수
있었다. 집으로 가는 길이 즐거울 수밖에 없었다.

삼차구에서 버스를 타고 한고비, 또 한고비를 넘으면
산골짜기 촌락에 도착한다. 2시간쯤 버스를 타야 하는
곳이다. 나는 어머니가 있기에 피곤한 줄 몰랐다. 창밖
풍경들이 따뜻하게 보였다.

그리고 그때는 사진이라는 것이 부귀영화를 누리는
사람들만 가지는 걸로 알았다. 시골집에 걸려 있는 액자는
어머니와 아버지가 결혼식 때 찍은 사진이 전부였다. 그 옆에
내 돌 사진도 조그맣게 걸려 있었다. 생일 때 먹는 미역국
한 사발과 쌀밥 한 그릇, 여기에 구운 고기를 보태면 아주
만족했다.

생계를 유지하기 위해 어머니도 아버지를 따라 한국으로
가셨다. 나는 먼 친척집에 맡겨졌다. 친척집 할머니도 조선
전통에 따라 생일날 아침이면 미역국을 끓여 주셨다. 우리
집 형편이 조금씩 개선되자 생일날 먹는 미역국도 별로 맛이

없었다. 나는 동학들과 함께 식당에서 생일을 보내곤 했다.

공작(일)이 바쁜 아버지는 고향에 오기 어렵다며 나를 한국으로 초청했다. 방학을 맞아 한국으로 떠날 수속을 밟았다. 문제가 생긴 건 사진이었다. 나이가 어려 보호자와 함께 찍은 사진이 필요하다고 했다. 부모님이 중국으로 오셨고, 우리 가족의 첫 번째 사진이 탄생했다.

그날 우리 가족은 사진을 넉 장 뽑았다. 두 장은 아버지와 어머니 지갑 속으로, 한 장은 내가, 나머지 한 장은 출국 수속을 밟는 곳에 주었다. 한국에 갈 수 있는 여권이 발급되자 나는 친척집 할머니가 끓여 주는 미역국을 먹는 대신 한국에서 생일을 보내게 되었다.

처음 타 보는 비행기는 무척 고통스러웠다. 귀가 아프고, 창밖으로 구름밖에 보이지 않았다. 하늘을 난다는 2시간이 너무 지루하게 느껴졌다.

한국에 도착한 나는 부모님과 함께 동물원 구경을 갔다. 그런데 분위기가 좀 묘했다. 한국에 사는 아버지와 어머니는 다정한데, 나만 외톨이가 된 기분이었다. 너무 오랫동안 부모님을 보지 못해 생긴 일이었다. 부모님과 함께 방에 있으면 괜히 어색하고 눈치가 보였다.

그 후로도 몇 번 한국에서 생일을 보냈지만, 어느 때부턴가 가고 싶지 않았다. 친척집 할머니가 끓여 주는 미역국 한 사발이 마음을 안정시켜 주었다.

초중(중학교)을 졸업하고 다시 한국에 갔다. 부모님의

관계가 이상했다. 전에 살던 아파트에서 반지하 집으로
바뀌어 있었다. 어머니가 보이지 않았다. 아버지에게
물어볼까 하다 그만두었다.

"아버지 저녁에 뭘 먹습니까?"

아버지는 말없이 앉아 있기만 했다. 답답한 마음에
어머니께 전화를 했더니 아버지와 분가를 하셨다고 했다.
어머니는 아버지의 전화번호도 모르고 계셨다. 아버지
통장으로 돈을 보낼 테니 아버지와 생일을 보내라고 했다.

중국으로 돌아온 나는 어머니와 연락이 끊겼다. 내
뒷바라지를 아버지가 하셨다. 고중에 올라온 나는 한국에
가지 않았다. 친척집 할머니가 끓여 주는 미역국도 먹을 수가
없었다. 내 머릿속은 온통 갈라선 부모님의 관계로 가득 찼다.

고중 2학년 때 친척집 할머니가 돌아가셨다. 왜 그런지
눈물이 나지 않았다. 내 눈물에서 영혼이 사라진 것이다.
부모님의 이혼은 파도와 같았던 내 감정을 한꺼번에 빼앗아
갔다.

한국을 다녀온 후 나는 모든 것이 정상적이지 못했다.
대학입시를 코앞에 두고 방황만 하고 있었다. 아버지를
생각하면 가슴이 찢어지는 것 같았다.

생일날 찍은 사진을 다시 꺼내 보았다. 나를 아끼는
선생님들의 말씀이 들려온다. 아버지의 말씀도 들려온다.
어머니는 3년 만에 전화를 하셨다. 나는 꿈을 꿨다. 내일
아침은 날씨가 활짝 개어 있을 것이다.